河出文庫

奔る合戦屋　下

北沢秋

河出書房新社

奔る合戦屋　下◎目次

日本海
越後國
信濃國
水内郡
頸城郡
春日山城
鳥坂城
鮫ヶ尾城
西条城
級郡
善光寺
北國街道
村上
葛尾城
矢代
野尻
坂木
戸山城
砥石城
埴科郡
井上
飯山
矢沢城
高井郡
中野
坂戸城
今井城
魚沼郡

筑摩郡
安曇郡
伊那郡
深志
林城
諏訪
和田峠
小県郡
諏訪郡
東山道
海
長窪城
芦田
布引
望月
雁峰城
小
佐久甲州街道
下畑城
前山城
府中
海尻城
岩村田
医王寺城
躑躅ヶ崎城
追分
大井城
海ノ口城
佐久郡
内山城
甲斐國

奔る合戦屋◇下

第六章　天文七年　晩春

一

石堂一徹《いしどういってつ》が坂木の村上館に呼び出されたのは、天文《てんぶん》七年（一五三八年）の五月初めのよく晴れた日の午後であった。書院に通されたのは一徹一人で、村上義清《むらかみよしきよ》は近習《きんじゅう》の若侍も退けて二人だけで一徹に向かい合った。一徹には思い当たる節がなかったが、義清は上機嫌で口を開いた。

「今日呼んだのは外でもない。屋代《やしろ》家の家督相続に伴い、次の副将を誰にするかを決めなければならぬ」

村上家の軍制では、総大将の村上義清の下に補佐役の副将が二名置かれている。副将は三大老の中から、戦場の経験が豊富で指揮能力が高いと認められる者が任命されるのが通例である。

二名の副将は同格ではなく、先任の者が上位とされる。現在は屋代政重《まさしげ》が上位、室《むろ》賀《が》光氏《みつうじ》が次位であるが、政重の引退に伴って光氏が上位となり、空席となる下位の副将を選任しなければならない。

また上位の副将は筆頭家老の地位に就くのが恒例になっているので、室賀光氏は武官、文官を通しての最高位に上り詰めることになる。

村上家は尚武で鳴らした家柄だけに副将の地位には相当の重みがあり、屋代家の家督を相続した政国《まさくに》が自動的に継げるものではなく、むしろ政国のような若輩者はいくさの経験不足として選考対象から外されてしまう。

成文化された規定はないが、副将として誰が見ても異存がないというのは、やはり三十歳を超えてそれなりの実績を上げている者であろう。

今までの村上家の慣習から見れば、次の副将は屋代政重、室賀光氏と並ぶ三大老である清野《きよの》清秀《きよひで》しか考えられなかった。

何故自分が呼ばれたのか分からない一徹の耳に、思いも掛けない村上義清の言葉が降ってきた。

「俺の意中にあるのは、お前よ。一徹だ」

一徹は耳を疑った。自分は譜代《ふだい》の臣ではないから、副将の最低限の資格すら欠いている。しかもまだ二十四歳になったばかりで、年齢的な要件も満たしていないではないか。譜代の然るべき高官を差し置いて、自分のような若造が副将の地位に就いたりすれば、譜代の臣との軋轢《あつれき》は目に見えている。

そんな一徹の気持ちが顔に出たのであろう、義清はさらに言葉を重ねた。

「俺はこの頃、譜代の者達が自分達の身分に驕《おご》って、ろくな働きもないのに恩賞ばかりを貪る風潮があるのが気に入らぬ。譜代と新参の者が同等の手柄を立てた場合に、譜代の方に多少の色をつけるくらいの配慮は今までもしてきている。しかしどうみても働きが新参の者に劣っているのに、それ以上の恩賞を与えなければ不満の声が上がるのは許せぬ。

思うに村上家の身代が北信濃四郡、東信濃二郡に安定してから久しく、譜代の者達もそれに慣れてぬくぬくと安住してしまっているのであろう。しかし毎年のように武田の侵攻が続くというのに、この辺で痛棒《つうぼう》を食らわせないと、譜代の臣達は惰眠を貪るばかりでいつになっても目が覚めぬだろう」

義清はそう言って舌打ちをした。

「一徹はたしかに年は若いが、戦場の働きでは実績といい、経験といい、村上家の中にあって抜きん出ている。いくさに出た時に俺が片腕と頼んでいるのは一徹なのだ。武芸の腕でもいくさの駆け引きでもいくさだてでも、譜代の誰もが一徹には遠く及ばぬ。一徹の昇格は大抜擢《ばってき》には違いないが、陰でぶつぶつ言うのはともかく、正面きって文句をつけられる者は一人もおるまい」

義清は一徹を村上の家中でもただ一人、自分の戦術を学んで我がものにしている武将だと高く評価していた。一軍の将としてみれば、これだけの大器を副将に据えて直接片腕として使いこなせば、武田勢など恐れるに足りぬという思いが強い。

＊　＊

昨年の五月、埴科《はにしな》郡戸山《とやま》城（現・長野市松代町豊栄に所在）主の津羽之守《つばゆきもり》との戦いのことであった。

双方ともに鶴翼《かくよく》の陣を敷いたが、兵力は津羽勢の二千に対し村上勢は二千五百と勝っていた。義清は右翼、左翼の陣形を厚くして津羽勢の両翼に圧力を掛け、どちらも防戦に追われて本陣を守る余裕をなくさせておいてから、自身が敵の本陣に突撃する作戦を立てていた。

途中までは目論見通りに進んで、いよいよ義清が出陣する頃合を見計らっている時に予期せぬ事態が起きた。左手の石切り場のあちこちに転がっている巨石の間から二百名ほどの伏兵が湧き上がって、室賀光氏が指揮する左翼の横腹を急襲してきたのである。

自軍の優勢に態勢が前掛かりになっていた室賀勢は、思いも掛けない奇襲を受けて浮き足立ち、たちまち切り崩され始めた。

義清は息を呑んだ。左翼が乱れた状態のまま突撃を敢行すれば、万が一にも左翼が崩れた場合には自身の退路が断たれてしまう。

(誰かを左翼の敵兵に立ち向かわせなければならぬ)

義清は床几《しょうぎ》から立ち上がって、血走った目を戦場に走らせた。この危機を乗り切れるのは、最左翼の前線にいて盛んに敵を追い回している石堂一徹しかない。だが今使番《つかいばん》を出して一徹に指示を与えたところで、十町以上も離れている一徹が行動を起こすまでには、左翼は崩壊してしまう。

「一徹、動け!」

義清は思わず絶叫した。

それでなくても怒号が行きかう戦場である。十町あまりも離れた一徹にその声が届くはずもなかったが、まるでそれに呼応するように一徹は素早く兵を返して敵の伏兵に殺到していった。一徹の手勢が抜けた穴を室賀光氏がすかさず埋めて戦線を維持している間に、一徹は持ち前の突進力を利して伏兵を蹴散らし始めた。

(よし、このいくさは勝った)

左翼の戦いの経緯を見守ることなく、義清は本陣にいる全員に突撃を命じた。

見事な勝利を収めて本陣に戻ってきた義清の周りに、村上勢の侍大将達が集まってきた。

「殿の下知を待たずに勝手に兵を動かしましたこと、まことに申し訳もありませぬ」

一徹は、まずそう言って詫びた。

「何を申しておる。一徹の臨機の働きがあってこその今日の勝利ではないか。今後もあのような事態が起きた時には、一徹の独断で行動を起こすことを特に許すぞ」

津羽之守を討ち取って上機嫌な義清の言葉に、譜代の臣達は揃って顔に不満の色を浮かべた。村上家の軍令は義清の独裁で、家臣の勝手な判断は厳禁であったのだ。その気配を察知した義清は、さらに続けた。

「余程前のことになるが、血気に逸《はや》る若侍達が軍令を破って抜け駆けをしてしまい、その者達を救うために当初のいくさだてが滅茶苦茶になってしまったことが、一再ならずあった。そのために、軍令に背く者は処罰するという決まりを作ったのだ。

戦場では予想外の事態がよく起こるが、そうした場合一徹も余裕があれば俺に指示を求めてくる。ただ一徹が他の者と違っているのは、『状況はかくかくしかじか、よって拙者はこう対応したいと思いまするが、いかがでございましょうか』と必ず自分の見解を添えて意見具申してくることだ。そんなことが十回ほどもあったであろうか、一徹の献策はすべて俺の意に添うものであった」

義清は周囲の者達を見渡してから、言葉を続けた。

「一徹は俺の下で十年近く実戦の経験を積んでいるうちに、俺の戦法を会得して一々指示しなくても俺が望む通りに動けるようになったのだ。

今日のあの場面でも、時間のゆとりがあれば一徹は俺の指示を仰いだであろう。だが、事態は切迫していた。戦機は一瞬にして去る。その機微が分かっていればこそ、一徹は独断で動いたのよ」

義清は、静まり返った侍大将達に説いて聞かせた。

「兵学では、『兵は拙速を尊ぶ』という。戦機が巡ってきたら、多少は難がある策でもいいから即座に対応することこそ大事だという教えじゃ。勝機が去ってからでは、どんなに巧緻《こうち》な策でも文字通り後の祭りなのだ。策の巧拙は勝ちの大小、味方の損害の程度に影響するだけだが、時機の遅れは勝敗そのものに直結してしまう。

一徹一人に独断専行を許すことに、不満があるか。ならば誰でもよい、いくさの切《せつ》所《しょ》で俺に提言してみよ。その案が十の十まで俺の見解に一致しているならば、その者にも独断専行を許してやる」

＊　＊

義清は血色のいい赤ら顔に、厳しい表情を浮かべた。

「この処置が腹に据えかねて、歯を食いしばってでも功名を立てようと思う者が、譜代の中から一人でも二人でも出てくればしめたものだ。一徹の副将昇格は村上勢の持てる力を最大限に発揮するためには不可欠だと思っているが、同時に家中に一石を投じる意味合いもこもっている。何か、意見を聞かせてくれ」

　譜代の臣達の温《ぬる》ま湯のような雰囲気はかねてから一徹が不満に思っているところであったが、主君の義清までが同じ感情をいだいているとは意外であった。

　だが一徹は義清の高い評価には感謝しながらも、譜代の無言の圧力を常に感じている新参の身としては、素直にそれを受ける気持ちにはなれなかった。

「大変に有り難いお言葉ながら、譜代の方々が納得されるとはとても思えませぬ。副将は譜代の中から選ばれるのが慣習となっており、新参の私が抜擢されるとなれば、譜代の方々にとっては到底受け入れられるものではありますまい」

「たしかに一徹が副将になるということは、火中の栗を拾うようなものであろう。だが今当家が置かれている状況は、昔からの慣習をただ守っているだけではとても乗り越えられまい」

「しかし、副将という地位は当家の武官の最高位でございます。兄の輝久《てるひさ》が新参の身でありながら、文官の最高位である勘定奉行に就任していることとすらすでに異例であります。もしここで私が副将の地位に就けば、石堂家は村上家の文官の首席、武官の次席を占めることになります。

　世間から見れば、石堂家は村上家筆頭を争う家柄ということになりましょう。新参の石堂家が譜代の方々を差し置いて筆頭の座をうかがうとなれば、家中に不満の声が満ちるのは火を見るより明らかでありましょうな」

「一徹が家中の波風を恐れるのは、分からぬでもない。では、こうしてみようではないか。

俺が譜代の重臣達を集めて、非公式に感触を探ってみる。そちが副将になることは感情としては面白くなかろうが、主君である俺の説得すら受け入れられぬほどあの連中も頑迷固陋《がんめいころう》ではあるまい。もし重臣達がこぞって耳を貸さぬとなれば、改めて善後策を考えればよかろう」

一徹の心配は分からないでもなかったが、義清は一徹の軍略を高く評価しているだけにきわめて楽観的であった。

「ちょうど都合がいいことに、三日後には屋代家の家督相続の報告のために、譜代の者達を坂木に呼び集めておる。その日の午前にでも、重臣だけを招集して次の副将について意見を訊いてみよう。そしてその場で俺が一徹を副将に推薦して、皆の反応を探ってみる。その会議は書院で行うことになろうから、一徹は次の間に控えて皆の意見を聞いておれ。そして皆が俺の提案に同意した時は、俺から一徹に声を掛ける。一徹はそれに応じて書院に入り、皆にお礼の挨拶をすればよいではないか」

（殿は軽く考え過ぎている）

一徹はそう感じていた。恐らくは譜代の臣からは異論続出で、自分が副将になる提案などは日の目を見る可能性はまずあるまい。

（ただ自分が聞いているとも知らずに譜代の重臣達が漏らす本音を耳に入れておくことは、殿にとっても自分にとっても満更価値がないわけではない）

そう思った一徹は、微笑して頷いた。

二

三日後、義清は室賀光氏、屋代政重、清野清秀、山田国政《やまだくにまさ》、出浦清種《でうらきよたね》、竹鼻虎正《たけはなとらまさ》といった譜代の重臣達を書院に招き入れて、ゆったりと全員の顔を眺め渡した。

「屋代家の家督相続に伴い、次の副将を選任せねばならぬ。そこで皆の意見を聞きたいと思い、こうして集まってもらったのだ」

この座の面々はとうに予想していたものと見えて、すぐに山田国政が発言の口火を切った。

「家内の序列から言っても、清野清秀殿こそが適任でございましょう」

「いやこのところの実績からすれば、山田殿がふさわしかろう」

清野清秀は儀礼としてそう言ったが、その表情には副将の地位は三大老の一人である自分に決まっているという自信が覗いていた。この場の雰囲気として、譜代の臣の間では清野清秀を推す声で纏まっているのが見て取れた。

「成る程、満場一致で清野か。それも一理ある。しかし、俺には別の案があるのだ。俺としては、石堂一徹を抜擢したいと思うておる」

一座にどよめきが起きた。誰もが夢にも思っていなかった義清の提案だった。

ようやくざわめきが静まってから、清野清秀が口元を醜く歪めて怒りのこもった声を上げた。

「殿のお言葉とも思えませぬ。ものには、しきたりというものがござる。しきたりを守ってこそ、物事は円滑に動いていくものでございます。副将は譜代が務める、それでこそ家中の秩序が保たれるのでありましょう。

それに、一徹はまだ二十代の半ばにも達しておりませぬ。譜代でさえ三十代の半ばでようやく任命される副将の地位を、あの若輩の新参が務めるなど、もっての他でございます」

「一徹が副将となれば、その与力となる者達はほとんどが一徹より年上でございましょう。新参の若い副将の下で年長の譜代が働く、それで指揮命令が滞りなく行われるとはとても思えませせぬ」

普段口数の少ない竹鼻虎正までが反論するところを見ても、譜代の抵抗は義清の想像以上に激しいものがあった。続けて、出浦清種が声を上げた。

「殿は、一徹に肩入れしているとしか思えませぬ。たしかに一徹の武勇には目覚しいものがございますが、譜代の臣を押しのけて副将に据えるようなことになりましては、御家の将来にかかわりましょう」

村上義清は、不機嫌に鼻を鳴らした。

「そちたちの意見を聞いていると、譜代は新参より遥かに上位で当然と思い込んでいるようであるな。しかし、その根拠は何だ」

屋代政重が、声を荒らげて答えた。

「いまさら何を申されるのでありますか。譜代の我々は村上家と血が繋がる一族、強い忠誠心を持って一致団結し、生きるも死ぬも殿と進退をともにする運命共同体ではござらぬか。それに対して新参の者は、その時々の状況を見て有利な方につく根のない浮き草でござる。今日は村上に尻尾を振っていても、周辺に強い武将が現れれば、明日は平然としてそちらにつくまことに頼りにならない存在でありましょう」

「石堂家は我が家に仕えて七十年近い。その間忠誠心を疑われるようなことは一度もなく、譜代の臣にも負けぬ多大の貢献をいたしておる。その本貫はこの坂木に近い石堂村で、その支配も百年を超え、とても根のない浮き草などとは言えまい。

しかも一徹は稀代のいくさ上手で、今では一徹の提案に従っていくさだてが決まることが多い。一徹の指揮のもとに戦っているのと同じではないか」

「それは違いましょう。一徹の提案を殿や室賀殿が採用し、命令を下すのでございます。我々は殿や室賀殿の采配に従って動いているのであって、一徹の命令を受けているのではありませぬ」

義清が口を挟む間もなく、清野清秀が激しい怒気を含んでさらに続けた。

「副将といえば、村上家の武官の最高位ではありませぬか。その地位を新参の者に奪われることは、譜代の者としてこの上ない恥辱でございます。まして石堂家は、すでに文官の最高位である勘定奉行を拝命いたしております。万一、一徹が副将になるようなことがあれば、武官、文官の最高位を石堂家が占めることになります。誰が見ても、石堂家が村上家の家臣筆頭の家柄となりましょう。

そもそも新参の身の石堂家が、譜代の我々を差し置いて家臣筆頭ということがあっていいものでございましょうか。村上家の家臣筆頭は、筆頭家老の室賀殿のはずであります。譜代でずっと年長の拙者が無役、あの若輩者が副将とあっては、家中の統制が取れませぬ」

清野清秀の言葉に義清が反論しようとした時、突然次の間から石堂一徹の野太い声が響いた。

「あいや、しばらく。石堂一徹でござる。失礼とは百も承知の上で、一言申し述べたい議がございます」

　書院の右側の板戸が開いて、一徹が一礼して入ってきた。譜代の重臣と同じく礼装である大紋《だいもん》を身に纏い、右手に中啓《ちゅうけい》と呼ぶ扇を持った一徹の姿は、並外れた巨軀であるだけにまことに威風堂々としたもので、あたりを圧する迫力があった。

　この場は当然義清が上座に、譜代の臣達はそれに正対して向かい合っていたが、一徹は板戸を背にして、つまり両者を横から見る位置に座った。

　一徹が隣室で今までのやり取りを全部聞いていたと知って、譜代の臣達は顔色を変えてざわめいた。いくら本音とはいえ、当の一徹の耳に直接入れては角が立つ発言がいくつもあったのだ。

　なんでこの大男が隣室に潜んでいたのか、義清は譜代の臣の不審を解くためにその理由から説明しなければならなかった。

「今となっては俺の見通しが甘かったのだが、俺は理を尽くして説明すれば、一徹の副将昇格は皆の了解が得られると思うていたのじゃ。そこで一徹を隣室に待機させ、話がうまく纏まったところでこの場に呼び入れ、皆に挨拶させるつもりでおったのだ」

「皆様方には、さぞ不快な思いをさせたことと存じます。拙者からも改めてお詫びを申し上げまする。

　拙者が殿から副将昇格の打診を受けたのは三日前でございますが、その時拙者は殿のお気持ちには感謝しながらも、あえて辞退をさせていただきました。その理由は、皆様方が先程から申されていたのとまったく同じでございます」

一徹はいきり立った譜代の重臣達の気持ちをほぐすように、穏やかな口調で続けた。

「いくさというものは、上から下まで味方の気持ちが一つになってこそ初めて戦えるものであります。この場の空気を読めば、拙者の副将昇格など有り得ないことが殿にも納得いただけたことでありましょう。それでは皆様で、次の副将をお決めくだされ。誰が副将になろうとも、拙者はその下知に従って全力を尽くす所存でおりまする」

一徹はそう言って一度頭を下げてから、また大きく首を伸ばして譜代の臣達を強い光をたたえた目で眺め渡した。

「ところで佐久郡で騒ぎが起こるのは、この数年来毎年のことでござる。皆様はその原因をどのように考えておられますのか」

譜代の臣達は顔を見合わせていたが、やがて三大老の一人である清野清秀が代表して答えた。

「言うまでもなく武田であろう。叩いても叩いても、武田はまことにしつこい」

「それでは、武田がこれほどまでに佐久に執着するのは何故だと思し召すか」

「分からぬ」

「それは、武田は佐久の争奪に一族の存亡を懸けているからでござる。武田と村上では、佐久郡に懸ける思いの深さが天と地ほどに違っておりますのよ」

一徹は諄々《じゆんじゆん》と説いた。

「武田信虎は、長い歳月を掛けてようやく十五年ほど前に甲斐一国を平定いたしましたが、周囲の環境は決して楽観を許さないものがございます。

南に国境を接する今川氏は駿河十五万石、遠江二十六万石に加えて最近では三河二十九万石にまで触手を伸ばしている大領の主であります。また東に接する北条氏の領土は相模、武蔵だけでも合わせて八十六万石、さらに上野三十七万石までを視野に入れております。それらに比べれば、甲斐は僅か二十三万石でしかありませぬ」

一徹は譜代の臣達が自分の言葉に耳を傾けているのを確認してから、さらに言った。

「しかも今川氏や北条氏の領土は気候温暖で土地は肥沃、長い海岸線にも恵まれて海産物が豊かな美国であります。それに引き換え、甲斐は周囲が山ばかりで平地が少なく、気候は冬季に雪が多くて産物に乏しい。米の石高以上に国力が段違いであるからには、甲斐一国に居《い》すくんでいては、いずれは今川氏、北条氏に滅ぼされてしまうのは目に見えておりましょう。

どこかに新天地を求めて進出するとすれば、南は今川氏、東は北条氏、北は険しい山岳地帯とあっては、山また山の地形であるためにまだ統一領主のいない信濃に向かうよりありませぬ。甲斐から信濃に入るのは諏訪口と佐久口の二つしかなく、武田信虎は十年前に諏訪郡へ侵入して諏訪氏と戦いましたが、諏訪氏は諏訪大社の神主筆頭の家柄で動員能力が大きく、武田は一敗地にまみれております。

そこで国力の充実を待って、今度は佐久口から兵を進めてきているのでございます。つまり武田信虎が佐久に侵入してくるのは、そうする以外に武田家が生き永らえる道がない、一族の命運を懸けての行動なのでありましょう」

一徹はそこで言葉を切り、不興げな面持ちの譜代の臣達を鋭く一瞥した。

「つまり甲斐、信濃合わせて六十四万石の太守となって初めて、武田家は今川家、北条家と対等に肩を並べる立場になれるのでございます。従って、武田の野望は佐久一郡にとどまるものとは到底思われませぬ。佐久が自領となればそれを足がかりに次は小県《ちいさがた》へ、諏訪へと手を広げ、ついには信濃全土の領有までを構想のうちに入れているのに違いありますまい。

武田にとって村上家との争いは、甲斐が信濃を併呑して甲信の覇者となるために避けて通れぬ関門なのでありましょう。これに成功すれば武田は今川や北条に並ぶ大大名としての地位を築き、失敗すれば甲斐の国すら失うのは必定でございます。従って、武田は何が何でも佐久への進出を成し遂げねばなりませぬ」

一徹は普段は譜代の臣達に対してへりくだった態度で接しているが、今日ばかりは堂々たる迫力で自説を展開した。

「武田が甲信の覇王を目指して攻めてくる以上、我らもそうした認識に立って対処していかなければなりますまい。武田との戦いは、これまでの北信濃、東信濃を獲得する過程での小競り合いとはわけが違いまする。これは甲信の太守の座を懸けて村上、武田の両家が死力を尽くしてぶつかり合い、何年掛かろうともどちらかが倒れるまで戦う全面戦闘なのでござるぞ。

どなたが副将になられるにしろ、今が村上家の将来を決する重大な時期であるという認識だけは、是非ともお持ちになっていただかなければなりませぬ。拙者が一言申し上げたいと言ったのは、このことでございます。まことにご無礼仕《つかまつ》りました」

一徹は巨体を揺るがせて一礼すると、静かに書院から去っていった。

「何だ、あの物言いは」

「若造が、利いたふうな口を利くわ」

「そこの板戸を開け放っておけ。またこちらの話を聞かれるかもしれぬぞ」

譜代の臣達が口々に一徹を罵《ののし》るのを聞きながら、義清は苦い表情で口を開いた。

「一徹を副将にという提案が流れた以上、俺はあいつに声を掛けるつもりはなかった。一徹にしても、黙って立ち去る心構えでいたろう。だがあいつがどうにも我慢できなくなって、この席に顔を出さざるを得なくなった心情が分かるか」

重臣達はこんなことを言い出す義清の気持ちをはかりかねて、顔を見合わせるばかりであった。

「俺も最近痛感していることだが、現在の村上家の家中の空気、特に譜代のそれはまことに呑気なものとしか言いようがない。この数年は越後の長尾晴景は揚北衆《あがきた》などの反抗に手を焼いて自国内の統治に手一杯、とても信濃に侵入する余力がない。また中信濃の小笠原長棟《ながむね》は村上家よりずっと身代が小さく、むしろ我らと同盟して背後の安全を確保しておき、南の諏訪郡へ侵攻しようとしているのが現状であろう」

義清は赤ら顔にさらに血を上らせて、譜代の臣達を睨み渡した。

「我々が北信濃四郡と東信濃二郡の領有に安住する限りでは、佐久郡へ武田が入ってくるたびに蠅《はえ》でも追うように対応しているだけで充分、従って武田を根こそぎ叩きのめす気構えなどどこにもない。武田が、甲斐に信濃を併合できなければ自らが滅ぶという覚悟で佐久に侵攻してくるのに、こちらはあちこちの城の攻防で目先の勝ちを得ればそれで満足している。腰の据え方がまるで違っている以上は、局地戦でいくら勝っても、長い目で見れば大勢が武田に傾いていくのは当然であろう」

義清の剣幕に恐れをなしたか、譜代の重臣達も思わず座り直して主君の次の言葉を待った。

「一徹はそちらの思いを察知し、俺が副将の打診をしたのを辞退したのだ。だから先程の議論でそちらが俺の提案に反対しただけなら、何もこの席にしゃしゃり出てくることはなかったろう。あいつが腹に据えかねたのは、そちらの意見の内容だったのに違いない」

義清は言葉を切って、譜代の臣達の顔をゆっくりとねめつけた。

「あいつは、今の村上家は一枚岩となって武田に当たらなければならぬと信じている。つまり、あいつにとって村上家の今の敵は武田以外にないのだ。ところがそちらの意見は、新参憎しの一念に凝り固まっているではないか。まるで目の前の敵は新参の者達だと言わんばかりであったぞ。

一徹が皆の不興を買うのは百も承知で言わなくてはいられなかったのは、憎む相手が違っているという思いであったのだろうよ。万が一にも村上家が負けるようなことになれば、俺の所領はもちろん、そちらの所領も嵐の前の枯葉のように霧散してしまうのだぞ。譜代と新参が対立している場合ではないと、一徹は言いたかったのであろう」

寂《せき》として声もない重臣達を見渡しながら、義清は静かに続けた。

「一徹が辞退し、皆が清野清秀を推すのであれば、次の副将は清野とするよりあるまい。だが清野、今の時期に副将になるということは、武田と家運を懸けて戦う死闘の最前線に立つということだぞ。負ければすべてを失う、その覚悟はできているであろうな」

義清は一同を眺め渡してから、さらに続けた。

「ついては、これを機会に軍制を改めたい。現在の体制では、譜代、新参が入り乱れて与力として二人の副将の下に置かれている。だがここはひとつ、譜代の臣達に刺激を与えるためにも、清野清秀のもとには譜代の臣を集め、室賀光氏の下には一徹以下の新参、ならびに同盟軍で固めてはどうであろう。幸いにも譜代と新参との数はほぼ均衡しており、両者の対抗意識を煽《あお》ることで、よい意味での功名争いが活発化するのではあるまいか。

清野、そちは先程譜代の臣は強い忠誠心を持って一致団結していると申したな。そちの与力は譜代の臣ばかりなのだから、功名も不覚も紛れはあるまい。これからのいくさでは、さすがに譜代の臣の働きは違うというところを見せてくれ」

この人事を断行することで、譜代の臣達もようやく目を覚ますのではあるまいか。ただしその結果が、譜代と新参とがそれぞれに徒党を組んで張り合うということになってはなるまい。また、新参の者達が譜代の面々を軽く見るということになっては、元も子もない。

(いずれにしても、これからは家中の舵取りが難しくなろううな)

義清は平静な表情を保ちながら、深い溜め息をついた。

数日後、石堂村の屋敷で龍紀《たつのり》、輝久、一徹、鈴村六蔵《すずむらろくぞう》の四人は茶を喫していた。昨日あたりから梅雨に入ったらしく、今日も朝から静かな雨が音もなく庭を濡らしている。

「副将の話は辞退いたしましたが、現在村上家が置かれている状況を考えますと、当家の軍制もそれにふさわしく変更せねばならぬと考えております。石堂家は本家分家合わせて千八百石となり、これまでの動員兵力は五十名ほどでありました。しかし今後は、私の直属の家来を主体に十人ほど増員したいと考えております。当家の財政としてそれが可能でございましょうか」

一徹の言葉に、龍紀は即答した。

「大丈夫だ。一徹が必要とする兵力を養うだけの費用は、輝久と私がいくらでも支援しよう。石堂膏《いしどうこう》の売り上げも順調だし、贅沢さえしなければそのくらいの余裕はある。まずは一徹の腹づもりを話してみよ」

一徹は安心して自分の構想を話し出した。

「まずは、市ノ瀬《いちのせ》三郎太《さぶろうた》を馬乗りの身分に昇格させとうございます。三郎太の武芸の進境には目覚しいものがあり、郎党頭としての統率力にも目を見張るべきものがございます。それに郎党の中から馬乗りの身分の者が出れば、他の郎党達の励みにもなりましょう。そうだな、六蔵」

「若の申す通りでございます。三郎太の槍の腕前は、今では拙者も手を焼くほどでございます。それに三郎太はいくさ働きがいい男で、いたずらに血気に逸ることなく常に周囲に目を配って進退に危なげがありませぬ」

「あれは見ているだけで気持ちのいい男だ。それに一徹を心の底から敬慕《けいぼ》しておる。よい片腕になるであろう」

龍紀は三郎太の真価をよく見抜いていた。

「次は郎党でございます。馬乗りの武士が私と六蔵、三郎太と三人になれば、郎党もそれぞれ五人、計十五人は必要でありましょう。それに私が預かる与力の衆も年を追って増えており、今後使番はますます重要な役割となります。猿を郎党から外し、奴を責任者として使番衆を作りとうございます。

そうなりますと現在の十人の郎党から三郎太と猿の二人が抜けますので、至急七名を補充しなければなりませぬ」

「七名となると大変だな。数は何とか揃えても、実力が今の連中と拮抗するには時間が掛かろう」

輝久は心配そうにそう言ったが、六蔵は大きく首を横に振った。

「いや、今でも拙者のところには、どうか石堂家の郎党に加えてくれという自薦、他鷹がひきもきりませぬ。石堂家の郎党といえば、村上家の若者の憧れでござるよ。郎党の将来は主君によって決まります。ならば石堂一徹に仕えるのが一番だというのが、世間の定評でござる」

「六蔵は、三郎太やその他の郎党にも声を掛けて、人数を集めてくれ。ただし、他家の郎党を引き抜いてはならぬぞ。郎党の次男、三男で、乱暴者、暴れ者として鼻摘みになっているような負けん気の強い若者を探して参れ」

「昔の三郎太のような若者でございますな」

六蔵は、何年か前を思い出して頬を緩めた。

「あいつが石堂家にやってきたのは十五の頃でありましたが、生意気を絵に描いたような若者で、いきがって肩で風を切って歩いておりましたな。何しろ稽古のために防具をつけろと言っても、そんな物は要らぬと身につけようとはいたしませぬ。小半刻《こはんとき》後に生きていたいと思うならこれを着ろと無理やり身につけさせましたが、本気で稽古をつけてやったら、案の定小半刻もしないうちに半死半生の有様でありました」

肩で荒い息をしている三郎太に、

『お前はこの六蔵とは年も違い、経験も違う。敵《かな》わないのはそのためだと思っておるな。では、若と立ち合ってみろ。若は体こそ大きいが、お前とはたった一つ違いだ』

と言うと、三郎太はたちまち闘志を全身に漲《みなぎ》らせて一徹に飛び掛かっていった。その頃でも一徹は槍でも太刀でもすでに六蔵を凌ぐ腕前であったから、三郎太はたちまち立ちすくんだまま面であれ胴であれ籠手《こて》であれ、なすすべもなく叩かれ続けて、ついに面鉄をはずして顔を覆うと泣き出してしまった。

（自分ほど強い者はいない）

と自惚《うぬぼ》れきっていたのが、世の中には自分とは桁違いに強い男がいる、自分などは吹けば飛ぶようなものだと生まれて初めて思い知らされて、天狗の鼻がへし折れてしまったのであろう。しかしあれだけの向こう見ずで怖いもの知らずの若者であればこそ、驚くほどの短期間で先輩達に追いつき、追い越したのだ。

「まったく生意気で鼻っ柱の強い若者でなければ、石堂家の郎党は務まらぬな」

一徹はそう言って笑ってから、龍紀と輝久に向かい合った。

「私は本家の当主でありながら、家政、財政は父上と兄上に任せっ放しで心苦しく思っております。金遣いの荒い道楽息子で、まことに申し訳ございませぬ」

「何を申しておる。一徹が石堂家の軍事を一切引き受けてくれているおかげで、いくさといっても俺は荷駄方を務めているだけで済む。正直な話、俺には槍を構えて敵に立ち向かうことなど恐ろしくてとてもできぬわ。俺には何の武功もないのに、一徹の功名のおかげで家中で俺を見る目が違ってきている。

それに対陣が長くなって兵糧が乏しくなった時など、相手の荷駄を襲って兵糧を強奪することが有りがちなものだが、村上家の荷駄に限っては被害にあうことがめったにない。一徹の兄が荷駄奉行を務めていることは敵も承知しているから、うっかり俺に手を出すと翌日一徹から手ひどく追い回されると、恐れているのであろうよ。これからもお互いの得手を生かして、石堂家の名を上げていこうぞ」

「輝久、一徹は石堂家の両輪じゃ。どちらが出しゃばっても車は前に進まぬ。これからも兄弟助け合って、石堂家を大きくしてくれ」

龍紀は輝久、一徹の二人が互いを認め合って協力していることに、心から満足していた。

三

梅雨明けも近いとあって、雲間から覗く太陽の光が肌に痛いほどである。幸い東風があるのでさほど暑くはないが、甲冑に身を包んだ村上義清は汗かきなだけに早朝から汗を滲ませていた。

高井郡中野郷にある高梨政頼《たかなしまさより》の居館（現・中野市小館《おたて》に所在）で型通りの出陣式を済ませた村上義清は、自軍の四千に同盟軍の高梨氏、井上氏の軍勢一千を合わせた五千の大軍を率いて越後に侵攻しようとしていた。

軍勢は北に向かって進み、高梨氏の居館を出発してから三里強来たところで二股道にぶつかった。左に行けば野尻湖の南を抜けたところで北国街道に合流し、そこから北上すれば古志《こし》系長尾氏の本拠である春日山《かすがやま》城（現・上越市中屋敷《なかやしき》に所在）に到る。右に向かえば、飯山を経て越後の魚沼《うおぬま》郡に通じる。

「予定通りここで軍勢を二つに分ける。俺は三千の兵力をもって左に折れ、室賀光氏が率いる二千は千曲川に沿って北上して行け」

高梨勢は筆頭家老の小古井《こごい》兵部《ひょうぶ》以下の四百が義清に、高梨政頼以下の四百が室賀光氏に従って二手に分かれた。

高梨氏は、北信濃四郡の中で唯一村上義清に抵抗を続けてきた豪族であった。それは高梨家の当主である政頼の祖父の政盛《まさもり》の娘が長尾為景《ためかげ》の正室であることから、為景の越後統一に政盛が盟友として多大な尽力をしたことによる。為景はこれに恩義を感じて、政盛が高井郡に勢力を張るのに常に力を貸していた。

このため政盛の代には、高井郡の北半分と水内《みのち》郡の大部分にまで領地を広げていた。この頃村上家も北信濃に勢力を伸ばしつつあり、高梨氏にも同盟を呼び掛けたが、親族である長尾氏が背後についているとあって政盛は鼻息も荒くその提案を蹴った。

ところが、天文五年に長尾為景が死去したことで情勢は一変した。長尾家は為景の嫡子である晴景《はるかげ》が家督を継いだが、晴景は病弱の上に酒色にふけるという悪癖があり、国内統治もままならなかった。

越後国内はたちまち乱れて、今では春日山城に拠る古志系長尾氏の長尾晴景、琵琶《びわ》島《じま》城（現・新潟県柏崎市元城町に所在）に拠る宇佐美定行《うさみさだゆき》、三条城（現・新潟県三条市元町に所在）に拠る三条系長尾氏の長尾俊景《としかげ》、黒滝《くろたき》城（現・新潟県西蒲原《にしかんばら》郡弥彦《やひこ》村に所在）に拠る昭田常陸介《しょうだひたちのすけ》の四勢力がしのぎを削る状態になっている。

ここで困ったのは、高梨政頼であった。頼みにしていた古志系長尾氏は、今や自分の身を守るのが精一杯で高梨氏を支援するどころではない。長尾氏という強い後ろ盾を失ってしまえば、どうして強大な村上義清に対抗していけようか。

さらには、高梨氏の領内でも小豪族が支配を嫌って自立するという動きが目立ってきていた。

この当時の領主と家臣との関係は、江戸時代のそれのように忠義が軸となっているのではない。地生えの小豪族達はそれぞれが自前の領地を持っていて、周囲に自分より強い勢力が台頭して抗しきれなくなれば、領地の保全を条件に臣従した。

従って領主の力が衰えて外敵から自分の領地を守ってくれないと判断すれば、さっさと自立するか、より強い豪族の庇護の下に入ってしまう。長尾氏の支えを失った高梨氏を嫌って離反する小豪族が絶えないのも、そのためであった。

高梨政頼は、ここで辛い決断を迫られた。越後に協力者を求められないのであれば、力を借りるべき相手は村上義清しかないではないか。

もとより高梨家は祖父の代から六十年間も、村上家からの同盟の提案を拒絶し続けている間柄である。

（いまさら手のひらを返すように自分から同盟を申し入れたりすれば、足元を見透かされる恐れは多分にあるが、背に腹は代えられまいよ）

政頼が坂木の村上義清のもとに使者を立てたのは、今年の四月のことであった。

使者の口上を聞いた村上義清は、早速室賀光氏、屋代政国、清野清秀、山田国政、出浦清種、竹鼻虎正、石堂一徹といった重臣達を村上館に呼び集めた。

「同盟とは、片腹痛いではござりませぬか」

まず清野清秀が、いつもの癖で口元を歪めて発言の口火を切った。

「今になってそんなことを呼び掛けてくるようでは、内情は余程苦しいのでございましょうな。いっそここは総力を挙げて高梨氏を討つべきでありましょう」

「それはどうかな」

室賀光氏は穏やかな口調で、ゆったりと言葉を挟んだ。

「高梨政頼の提案を呑めば、北信濃全域が戦わずして村上家の支配下に入ることになる。北信濃が固まれば、武田とのいくさをするにも後顧の憂いがなくなろう。高梨の兵力も味方として当てにできるとなれば、いいことずくめではないか」

「国政はどう思う」

義清の言葉を受けて、山田国政はおずおずと答えた。

「同盟では、何かと扱いに気を使って面倒でございます。ここはもう一歩強く出て臣従を迫るべきだと考えまする」

同盟か、臣従か、討伐かを巡って議論は沸騰したが、皆の意見が出尽くしたところで村上義清が言った。

「一徹はどうだ」

それまで皆の発言を黙って聞いているばかりであった一徹は、改めて全員の顔を眺め渡してから初めて口を開いた。

「私は、高梨政頼の申し入れを受けるべきだと考えまする」

清野清秀が何か発言しようとするのを一徹は手で制して、さらに続けた。

「私が思うに、越後の混乱は長期にわたるでありましょう。となれば今こそ高梨氏と同盟を結び、高梨氏を案内役にして越後に攻め込む絶好機ではありますまいか」

重臣達は、あっと声を上げた。

北信濃から越後に入る道は、善光寺から北へ延びる北国街道と、その西の屋代、中野、飯山を経て十日町に至る街道の二本しかない。その二本ともが高梨領を通っていることから、高梨氏と敵対していた今までは村上領から越後へ向かう進入路が絶たれていた。

そのため越後に攻め込むという発想は、誰の頭にも浮かばなかった。だが一徹に指摘されてみれば、たしかに高梨氏の領地は越後の頸城《くびき》郡、魚沼郡と境を接している。

佐久郡で悪戦苦闘するより、越後の方が強敵がいないだけ手っ取り早く領地を拡大できるのではあるまいか。

「よくぞ申した。まさに名案だ」

義清は、赤ら顔に血を上らせて感嘆した。

「同盟では高梨にばかり利があって、村上家にとっては面白くないと思っておったが、そういう用い方があったか。よし、高梨政頼が反吐《へど》を吐くほどにこき使ってやるとしよう。

長尾の後ろ盾がなくなってからは、高梨の領内でも統治が乱れていると聞く。そこで我らが四千の兵を率いて中野郷に赴き、領内の動揺を鎮圧してやろう。村上と高梨が同盟したと聞いただけでは小豪族達も半信半疑であろうが、我らが乗り込んで村上の武威を見せ付けてやれば、一度は離反した家臣達も雪崩をうって帰参するに違いあるまい。領内が平定できたところで、政頼を先陣に立ててそのまま越後への進軍じゃ。

面白いではないか、今まで越後を頼みにして我らに逆らってきた高梨を、今度は我らの尖兵として越後に攻め込むのだ。いや、胸が躍るわ」

「やんや、やんや」

山田国政は、上気した顔でおどけて見せた。

「まさに胸のすく名案でございますな」

「それが上策でございましょう。ただし今回は深入りは禁物でありますぞ」

一徹も頬を緩めながら、そう釘を刺した。

「分かっておる。今回の遠征は大物見だ。越後の将兵の戦い方、どこにどんな町があり、田畑があるのか、山野の有様、街道の状況などを探るのが目的で、その上で越後との国境に出撃の拠点を作らねばならぬ。本格的ないくさは、そこに兵糧、武器、軍費を運び込んでからのことだ」

義清はさすがにいくさに慣れていて、長途の遠征にはまず物資の補給路を確保しなければならないことを認識していた。一徹は頷きながら、胸を撫で下ろした。

村上義清は高梨家の筆頭家老、小古井兵部を先頭に立てて軍を進めたが、すでに高梨政頼から通達が出ていたのであろう、行く先々で土地の小豪族達が挨拶に伺候してなかなか前に進めないほどであった。

長尾氏の支援を当てにできなくなった政頼を見限った小豪族達も、北信濃随一の剛勇、村上義清が政頼と組んだとなれば話が違った。何しろ目の前にいる三千の軍勢だけでも息を呑む思いなのに、それに加えて二千の別働隊が飯山に向かっているとなれば、すぐにも恭順の意を表しておかなければ自分の首が危ない。

義清は一度も戦うことなく高井郡、水内郡の高梨領を平定して北国街道を北に進み、野尻宿を経て五日目にはついに越後の頸城郡に入った。一度も足を踏み入れたことのない敵地とあって義清の動きはいつになく慎重であったが、ここでも抵抗らしい抵抗もなく土地の小豪族を服属させつつ前進して行った。

(あまりの順調さに拍子抜けするではないか。だが考えてみれば、越後四十万石を争って四つの勢力が拮抗しているとなれば、そのどれをとっても領地は村上家よりずっと小さいのだ。この地の地生えの豪族達が、近隣最強の俺のもとに先を争ってご機嫌伺いに参上するのは、当然といえば当然のことであるな)

さすがに北国街道だけあって人の往来も多く、沿道の宿場もよく整備されていて、宿泊にも苦労はなかった。もっとも宿屋に泊まれるのは上級武士だけで、大部分の者は近隣の寺社や農家に分宿していたが。

関川宿、上原宿、田切宿、二俣宿、関山宿と過ぎ、時に雨に降られながらも四日にして早くも国境から七里の城山《しろやま》(現・新潟県妙高《みょうこう》高市雪森《ゆきもり》字城山)に達した。小古井兵部の言によれば、国境から長尾氏の居城である春日山までの道のりの七割方は来ているということであった。

ここには越後に入って初めて見る城砦である鮫ヶ尾《さめがお》城があり、西には西条《にしじょう》城（現・新潟県妙高市西条に所在）、南に鳥坂《とつさか》城（現・新潟県妙高市姫川原に所在）が連なっているのが遠望できた。これらは信濃からの侵攻に対して本拠である春日山城を守るために築かれた本格的な山城で、小当たりに当たってみるとさすがに相当の兵力がこもっているようであった。

義清にはここで本気で攻城戦を行うつもりはなく、ふもとの集落に火を放ったりして示威行動を繰り返しては相手の反応をうかがってみたが、城方は守備に徹するばかりで城門を開いて突出する気配はさらになかった。といってこれらの諸城をうち捨てて春日山に向かえば、背後から追撃して退路を断つ行動に出るのは目に見えている。

（ここまでやれば、今回の遠征の目的はほぼ達成したのではないか）

義清はそう思っていた。必要な情報は充分に手に入れていたし、それに補給路が延び過ぎていた。持参してきた兵糧は残り少なくなっており、かといって高梨氏の懐を当てにしようにも、高梨氏の備蓄は自軍の八百の兵力に見合った量しかない。村上勢は別働隊を含めれば四千もいるのだから、すぐに食い尽くしてしまうのは目に見えていた。

遠征軍の常として現地の豪族や大百姓から食料の調達をするよりなかったが、それにも限度がある。

(退陣をするのはいいが、ここまで来たからには手ぶらで帰るのもあまりに芸がなかろう)

そこで義清は春日山城の長尾晴景に使者を立て、領地を割譲しなければ即座に春日山城に攻め込むと脅しを掛けてみた。

駄目でもともとと思っていたのに、意外にも晴景の回答は頸城郡の関山(現・新潟県妙高市大字関山)以南を村上領として認めるので、それを条件に撤兵をして欲しいとのことであった。義清は晴景のあまりの不甲斐なさに驚いたが、同時にこれからの越後攻略に大きな自信が湧いた。

(越後の国内が四つの勢力に分裂しているのにうまく付け込めば、もっと大領を望んでもかなうかもしれぬぞ)

翌日、義清は晴景と誓紙を取り交わして城山を去った。

その頃、飯山を中心とする高梨領を平定した室賀光氏率いる別働隊も、越後の魚沼郡に進撃していた。途中で今井城(現・新潟県中魚沼郡津南町上郷大井平に所在)を降伏させたりしながら、信濃川(千曲川は信濃の国から流れてくるので、越後では信濃川と呼ばれていた）の右岸に沿ってさらに進み、国境から四里ほどの田沢まで来ると、そこに坂戸《さかど》城（現・新潟県南魚沼市坂戸に所在）主、上田系長尾氏の長尾房長《ふさなが》が三千の兵を率いて待ち構えていた。

房長は先頭に立っての突撃で知られた猛将で、光氏にとっては越後に入って初めて出会う強敵であった。しかも兵力は二千対三千と劣勢にある。光氏は石堂一徹と高梨政頼を呼んで、慎重に策を練った。

村上義清が光氏を魚沼郡に派遣したのは、村上勢にあって長尾房長を相手に互角以上に戦えるのは石堂一徹しかいないからであった。また、高梨政頼をこの別働隊に加えたのは、別の思惑があった。

義清は政頼と対面してすぐに、この高梨家の当主が苦労なしに育った御曹司で、実戦の経験も乏しいのを見抜いた。

（この越後攻めで村上家がいかに強いかを、政頼に骨が震えるほどに思い知らせておかなければなるまい。それには、石堂一徹のすぐそばに置いてその戦いぶりを見せるのが一番であろうぞ）

義清は光氏と一徹を呼んで、自分の思いを伝えた。義清は一徹には方向を指し示すだけで、具体的にどうするかまでは指示する気持ちはなかった。この軍略に長《た》けた男ならば、臨機応変に策を巡らせて期待に応えてくれると信頼しきっていたからである。

翌日はようやく梅雨も上がり、草いきれがするほどの日差しの強い晴れ上がった朝だった。

長尾勢の三千は信濃川の右岸に広がる草原の北に、室賀光氏の二千は南に陣を敷いて、いくさは型通りに矢合わせから始まった。互いに初見の相手とあってまずは慎重な様子見で、さすがの房長も今日は突撃の気配を見せずに本陣に座ったまま鳴りを潜めていた。

やがて槍衆のぶつかり合いとなったが、越後勢に比べて信濃勢は槍の長さで勝っており、いくらか優勢のうちに推移していた。長尾勢はたまらずに騎馬武者を出撃させ、ここにいくさは双方の主力のぶつかり合いを迎えた。

兵力で劣るだけに村上勢の劣勢は否めなかったが、戦況を見計らっては石堂一徹が前線に打って出て頽勢《たいせい》を挽回し、勝敗の決着はつきそうになかった。どちらにとっても今日のいくさは互いの手の内の探り合いで、総力を挙げての戦いではない。

一刻ばかり過ぎたところで長尾の本陣から退《ひ》き鉦《がね》が打ち鳴らされ、それを受けて光氏の陣でも退き鉦が打たれた。双方五分での別れで、明日こそが決戦であろう。

長尾房長は、老練な武将である貝瀬《かいせ》河内《かわち》の手勢を殿《しんがり》として残し、退陣を始めた。室賀勢も石堂一徹に三百の兵をつけて殿として、退く動きを見せた。貝瀬は石堂一徹が退くのを見届けてから、房長を追って自分も後退に移った。

その時であった。いったんは退くと見えた石堂勢が、突如として反転してきたのである。今日のいくさは終わったと油断していた貝瀬勢は、完全に虚を突かれた。

石堂勢は一徹を先頭とする楔形の陣形で、その移動速度には驚くべきものがあった。まだ正式には発表されていないが、このいくさから特に許されて市ノ瀬三郎太が馬乗りとなり、一徹の左右を鈴村六蔵とともに固めるとあって、石堂勢の士気はいやがうえにも上がっていた。

石堂勢の錐《きり》立てなど知る由もない貝瀬勢は、たちまち木っ端微塵に粉砕された。名乗りも上げず、騎馬武者を倒してもすべて突き捨てのまま首を取る手間すら惜しんでひたすら前進するその戦いぶりは、越後勢がまだ見たこともない厳しいものであった。貝瀬勢を蹴散らした一徹の手勢は、そのまま長尾房長の主力に追い縋《すが》った。長尾勢の後方はたちまち大混乱になった。退き上げにかかると、指揮官である上級武士は前を行き、雑兵達が後に続くという形になる。指揮官を先頭とする戦闘態勢には、簡単には戻れない。

この頃には室賀光氏の主力も引き返していくさに加わっており、さっきまでは互角の別れであったものが、いつの間にか激しい追撃戦の様相を呈してきた。

長尾勢にとっては、狐に化かされているような思いであったろう。いくさでは負けていなかったのに、どうして急に追われる立場になってしまったのか。

戦場の心理として、相手と向かい合っている時は気力が充実しているが、いったん相手に背を向けてしまえば一気に気持ちが緩んでしまう。しかも追ってくる石堂勢の強さは、まさに怒濤《どとう》のような迫力に満ちているではないか。そうなると踏みとどまって戦うよりは、我先に逃げなければという恐怖感が先に立ってしまう。

雑兵達がそういう状態に追い込まれてしまえば、いくら侍大将達が声を嗄《か》らして叫んでも、態勢を立て直すことはできない。長尾勢はついに総崩れとなって、二里ばかり北にある琵琶懸《びわがけ》城へと雪崩をうって落ちていった。

室賀勢は城の大手門まで追っていくと、城兵に聞かせるべく何度も高らかに勝ち鬨《どき》を上げた。

田沢の陣へ戻る道で、室賀光氏はさりげなく高梨政頼を誘って馬を並べた。まだ時刻は未《ひつじ》の刻（午後二時）を回ったばかりで、眩しいばかりの日差しが山野に溢れている。信濃川から吹き渡ってくる風が、心地よく頰を撫でて通り過ぎた。

「どうでござるか、今日のいくさは」

「いや、村上勢の強さには度肝を抜かれました。ことに石堂殿の武勇は、信じがたいほどでございますな」

高梨政頼はまだ興奮が冷めやらずに、頰を紅潮させたままだった。

「あの男は、村上家の宝でござるよ」

　義清の言葉もあって、ここは政頼に村上家の強さを骨身に染みるほどに思い知らせておかなければならない。光氏は穏やかな口調でさらに続けた。

「一徹はその並外れた体軀と槍の腕前から武辺者としての評判が高いが、さらにその上を行くのがいくさのうまさでござる。一刻ほどのいくさのあとにあそこで両軍が退き鉦を鳴らしたのは、今日のいくさは互いの味見に過ぎず、本格的な決戦は明日に持ち越しという暗黙の了解に立ってのことでござるよ。

　互いに向き合って対峙している時は、どちらも闘志に満ち溢れて士気が高い。だが今日のいくさはこれで終わりだと思って相手に背を向けた瞬間に、緊張は一気に解けて戦闘気分が嘘のように緩んでしまうものでござるよ。一徹はその心理を読んで、向軍の退陣のあの機を摑んで全力で駆けたのじゃ。さすがの一徹でも緒戦から突撃を掛けたのでは、あのような成果はとても上げられますまい」

「突撃に移ってからの攻めの迅速さは、目を見張るものがございましたな」

「あれがあの男の凄みでござるよ。攻めに掛かったら、相手に反撃する暇を与えずに真一文字に突進して、あれよあれよという間に敵陣に穴を開けてしまうのじゃ。ああしていきなり敵の度肝を抜いてしまえば、後は一徹の思いのままに料理できるというものでござろう」

「石堂殿は敵の首級を挙げているようには見えませなんだが、あれは何故《なにゆえ》でございますか」

「敵の首級を挙げるためには、そこで足を止めねばならぬ。それでは攻め足が鈍ってしまうでありましょうが。一徹は名もない騎馬武者の首など、功名とは思っておらぬのでござるよ。目の前の敵をすべて突き捨てにして、ひたすら前に進むことこそが勝利に直結する近道と、信じているのじゃ」

高梨政頼は首をかしげた。どこの家中でも、論功行賞は誰が誰の首を討ったかで決まる。突き捨てにして行き過ぎれば、誰かがその首を拾って自分の手柄にしてしまうではないか。

政頼がその疑問を口にすると、光氏は声を上げて笑った。

「一徹が狙うのは敵の大将の首だけでござるよ。端武者《はむしゃ》の首など、欲しい者が持っていけと笑っておりまする」

政頼の驚いた顔を横目で見ながら、光氏はさりげなく続けた。

「高梨殿が我が殿に同盟を申し入れられたのは、まことに賢明でございましたな。あの一徹を敵に回したら、奴は高梨殿の首しか狙いませぬぞ。それを思うと恐ろしくて夜も眠れますすまい」

光氏は、高梨政頼が大きく頷くのを見て満足した。

（これだけ言っておけば、この小心者は村上家に背く気持ちなど金輪際持つまいよ）

光氏の言葉に説得力があるのは、自身が一徹の武略に絶対の信頼を置いているからであった。この遠征に当たっても、光氏は烏合の衆である与力達の融和を図ること、新たな領地の地侍達や百姓どもを手なずけて統治することに専念していて、いくさに関してはすべてを石堂一徹に一任している。

（いくさについては、俺が口を挟んではならぬ。一徹の自由に任せておくのがもっとも簡単に成果に繋がり、しかも犠牲が少なくて済む道なのじゃ）

一徹があの若さにもかかわらず、血気に逸って暴走する恐れがないことも光氏を安心させた。一徹の働きやすい環境を整えることこそが、自分の仕事だという思いに徹しているあたりが、この室賀光氏という男の器量の大きさであろう。

田沢の陣に帰り着いた光氏は、その日のうちに今日の戦果を義清に書き送った。

新領の検分のために、室賀光氏を残して一ヶ月ぶりに坂木の館に凱旋した義清は、終始上機嫌であった。頸城郡の関山以南を得たのに引き続き、魚沼郡の倉俣《くらまた》（現・新潟県十日町市倉俣）以南もまた村上領となったのである。

検地をしなければ正確な石高は分からないが、魚沼郡の信濃川の流域には、信濃では見られないような広大な水田が広がっているというではないか。数万石の領地増は間違いあるまい。

この数年の佐久郡でのいくさは勝ったり負けたりで、目覚しい成果が上がっていない。それに比べれば、今回の越後遠征は久方ぶりの新領地の獲得だった。このところ家臣には苦労ばかり掛けて報いるところが少なかったが、ここでそれぞれに領地を配分して家内の士気を高めなければなるまい。

村上義清はもともとが家臣の喜ぶ顔を見るのが大好きな男だけに、この際思い切った大盤振る舞いを行う気持ちを固めていた。

四

石堂家の十五人の郎党の体制がどうやら整ったのは、その年の十月末であった。新たに郎党として加わった者は七名、その編成は一徹付きが麻場重能、押鐘信光、唐木田善助、町井《まちい》憲秀《のりひで》、山浦正吾《やまうらしょうご》、六蔵付きが赤塩左馬介、稲玉経正《いなだまつねまさ》、倉橋直家《くらはしなおいえ》、星沢秀政、南沢新八郎《みなみさわしんぱちろう》、三郎太付きが飯森信綱、小林行家《こばやしゆきいえ》、小根沢新三郎《おねざわしんざぶろう》、鎌原太兵衛《かまはらたへえ》、八《はっ》町輝元《ちょうてるもと》である。

新参の七名の武芸の技量は、当然のことながらまだ従来の郎党の水準には達していないが、それでもこの六ヶ月の猛鍛錬を経て逞しく成長していた。あとは実戦の経験を積むことが何よりの修業である。

その他に使番として吉池長政《よしいけながまさ》、曲尾義継《まがりおよしつぐ》の二名が採用され、二十一歳になってもまだ少年の面影が消えない駒村長治も、ついに部下を持つ身分になっていた。

十一月も終わる日の雪がはらはらと舞う昼下がりに、一徹は全員を広間に呼び集めた。郎党、使番に六蔵、三郎太まで加わって総人数は二十一名にもなり、昨年の同じ頃には十二名だったことを思えば、これだけでも石堂家の隆盛は目覚しいものがあった。

こうして改めて顔ぶれを眺めてみれば、新規の者達もいずれも筋骨逞しくふてぶてしい面構えの若者揃いで、戦場に出るのが待ち遠しくてたまらないという空気が溢れている。

「まず、三郎太の馬乗りの身分への昇格と合わせて、来年からは皆の待遇を従来のやり方と変える」

一徹は、どっしりと胡坐をかいて一同の顔を見渡した。今まで石堂家の家臣では鈴村六蔵だけが知行取りで自分の領地を持っていたが、僅か百石では行政の手間にとても見合わない。そこで六蔵は知行地の面倒見は用人頭の樋口成之に一切を任せて、自分の取り分である五十石の米だけを受領していた。

樋口成之にしてみれば石堂家の直轄領の行政はすべて用人達の仕事なのだから、そこに鈴村領の百石が加わったところで特に負担になることはなかった。

一徹はこれからも馬乗りの身分の者が増えれば、それに伴ってそれらの知行地が増えることを考えて、制度を変えることを決心したのである。

新しい制度は、

『鈴村六蔵は百石、市ノ瀬三郎太は五十石の処遇とするが、知行地は特に定めず、知行は米をもって支給する』

というものであった。つまり石堂家の武士は自分の固有の領地を持たず、己の功績に見合った報酬を受け取る軍事専門の武士になる。

これまで武士というのは在郷地主というのが誰も疑わない常識であったから、これは土地と武士とを切り離す革命的な制度だった。この提案が家臣一同から大歓迎で受け入れられたのは、石堂家の武芸鍛錬は日中の大半に及ぶもので、領地の行政などとてもやる暇がないという現実を目にしているからであった。

一徹の指揮の下に力一杯働いて手柄を立てれば、それだけで処遇がよくなる。武芸の鍛錬に明け暮れて他の世界を知らない若者達にとって、こんなに有り難い話があろうか。

ただ戦闘に勝ち抜くことだけを考えて精進していれば、三郎太の例を見るようにいつかは憧れの馬乗りの身分も夢ではないのだ。

一徹の説明が終わると、三郎太が正式に馬乗りの身分になり、その郎党の顔ぶれも決まったことを祝して、早速酒宴となった。

一徹も気分よく大いに飲んだ。郎党達もすぐに杯では物足りなくなって茶碗で酒をあおるようになったが、一徹も三郎太も何も言わなかった。もし酔い潰れて明朝の稽古に差し支えが出るような者がいれば、半殺しの鍛錬が待っていることは郎党達も肝に銘じているからであった。

「若、これから若を先頭に師範様と三郎太様がその両脇を固め、十五人の郎党がその後ろに従うとなりますと、まことに壮観でございますな。いっそのこと具足の色を揃えて、遠くから見ても一目で石堂衆と分かるようにしてはどうでございましょう」

すでに顔を真っ赤にしている押鐘信光が、吠えるように叫んだ。

「それはいい。黒はどうじゃ、強そうではないか」

「いや、我らは若いのだ。そんな陰気な色は石堂家には似合わぬ」

「では白はどうだ。いかにも清げであるぞ」

「白い具足では、手傷を負った時に具足が血に染まって相手を勢いづかせる。面白うないわい」

「朱はどうじゃ」

「いい色だが、副将の室賀様の具足が朱色じゃ。副将とその補佐役が同じ色の具足では、どちらが手柄を立てたのか、遠目には見分けがつかぬ。手柄も失敗も紛れぬよう、誰が見ても石堂家と分かる色でなければ」

まるで手柄を立てるのは石堂家、失敗は室賀家と決めてかかっている口調であったが、郎党達は一徹のもとで働くからには自分達が負けるとは夢にも思っていなかった。

それはもちろん思い上がりではなく、自分達ほど日夜鍛錬を重ねている者はいない、誰と戦っても絶対に負けないという、固い信念に裏打ちされたものであった。

「俺は桜色がいいと思う」

星沢秀政がいかにも考え抜いたといった表情で強く言った。

「桜色では優し過ぎよう」

「それでは、緋色《ひいろ》ではどうだ。緋桜という桜もあるから、緋色も桜色のうちだろう」

「なんで桜にこだわるのだ」

飯森信綱の疑問に、秀政はにっこりと笑ってみせた。

「それよ、我ら十八人が緋の具足をつけて勢揃いをすれば、これこそ『石堂家花の十八人衆』であろうが」

いかにも知恵者らしい秀政の提案に、一同はどっと喝采の声を上げた。そのいでたちといい『花の十八人衆』という呼び名といい、いかにも華やかで若々しい雰囲気が溢れているではないか。

「しかし十八人が揃ってそんな派手な格好で戦場に出れば、万が一にも不覚をとったりしたら物笑いの種だぞ」

鈴村六蔵が年長者らしく釘を刺したが、若手連中は一向に意に介さなかった。

「師範殿も緋の具足か、まさに姥桜でござるな」

押鐘信光の冗談に、また一同は大笑いをした。新たな九名を加えて石堂家の体制はさらに若返っており、四十歳の六蔵などはもう老人の扱いであった。もっとも『槍の六蔵』の異名をとるだけに槍の腕はまだまだ衰えを見せておらず、三郎太が馬乗りの上級武士に昇格した今では、郎党の中で互角に渡り合えるのは一人もいなかった。

今の冗談で、明朝の稽古では信光が腰が立たぬほどに徹底的にしごかれるのは確実であろう。

「よし、それでは早速出入りの武具屋を呼んで、具足の注文をせねばならぬな」

「それで、私達はどうなるので」

駒村長治が心配そうに訊いた。花の十八人衆となれば、使番の三人は外れてしまう。

「心配するな、お前達にも具足は作ってやる。色はさっき提案があった桜色ではどうだ。桜色なら、花の石堂衆の仲間内だ」

「では私にも、新しい具足を作っていただけるので」

新規に召し抱えになった使番の曲尾義継が、驚きの声を上げた。下級武士である曲尾家では具足は一生物というのが常識で、古い具足を自分で修理しながらいつまでも大事に使っていく。

　義継の父親などはいくさに出て敵の具足が手に入ったりすれば、兜首を取るよりも喜んだものだ。具足のような高価なものを二十一領も一度に新規発注する石堂家の財力に、義継は度肝を抜かれていた。

五

　花は屋敷の裏手の孟宗竹《もうそうちく》の林の前で、ぽつねんとして立ち尽くしていた。まだ未の刻（午後二時）前とあって日差しはあるが、今日から十一月とあって、ざわざわと竹を揺らす風は身を切るように冷たい。

　話の発端は、昨日の夕餉《ゆうげ》のあとで市ノ瀬三郎太が周囲に人の目がない機会を捉えて、

「明日は一日だから、武芸の鍛錬は休みだ。お花と話がしたいが、一人だけで出られるか」

　と花に尋ねたことであった。

「昼餉の片付けが終わった頃なら」

　三郎太が自分にどんな用があるのか分からないままにそう答えると、三郎太は真剣

な表情で頷いた。

「では、未の刻に裏の竹林で」

それだけを言った三郎太は急ぎ足で去っていったが、花は狐につままれた思いで昨晩はよく眠れなかった。

（誰か他の女中に直接は言えないことがあって、私に言づてを頼みたいのだろうか）

やがてまだ未の刻の太鼓が鳴らないうちに、三郎太の無駄な肉一つない精悍《せいかん》な体が竹林の角を曲がって現れた。

「悪いな、待たせたか」

「いいえ、私も今来たばかりです」

本当は、三郎太を待たせることなどあってはならないと考えた花は、随分《ずいぶん》前からこの場に来ていたが、それを口にしてはいけないという知恵は、この一年半の奉公で身についていた。

三郎太は眩しそうな目で花を見詰めた。今の花を見て、昨年三月に女衒《ぜげん》に追われていたちっぽけな女の子と同一人と気がつく者がおろうか。一年七ヶ月の間に充分に食事が取れるようになった花は背が四寸も伸び、全体にふっくらと肉がついていかにも娘らしい体付きになっていた。顔に化粧っ気はまったくなかったが、目鼻立ちがくっきりとしていて女中達の中にあっても充分に美形の部類であった。

三郎太はどう話を切り出したものか迷っていたが、しばらくして何気ないように言った。

「お花も、年が明ければ十五になるな。女中長屋に入るつもりか」

「そのつもりです」

花は正直にそう言ってから、あわてて付け加えた。

「誰も忍んではくれないでしょうけれど」

「そんなことはない。郎党達の間でも、今から楽しみにしている者が何人もおるぞ」

「お戯《たわむ》れを」

それには答えずに、三郎太はぶっきらぼうに言った。

「お花、お前は女中長屋に入ってはならぬ」

「それはなぜでございますか」

「お前が他の男に抱かれると考えただけで、俺は夜も眠れぬからだ」

花は息を呑んだ。三郎太の言葉は、この若者が自分を愛しく思っているということではないか。だがそれは、この娘にとって事実とはとても信じられない、あまりに突拍子もない話であった。

もとより、花も三郎太には好感を抱いていた。というよりは、石堂家の女中達で三郎太に熱を上げていない娘は一人もなかった。郎党の中でも抜群の武芸の腕を持ち、しかも郎党達の面倒見がよくて統率力があり、主君の一徹の信頼も厚い。

引き締まった肢体と彫りの深い精悍な顔立ちで、いつも真夏の太陽のように明るい。女中達に対しても決して見下したような態度をとらず、一人一人に優しく声を掛けてくれる。

「あんな男に、一晩抱かれてみたい」

娘達は熱に浮かされたような目で、そう言い合った。そしてついに直接三郎太にそう申し入れた娘が現れた。花より二つ年上の志乃《しの》である。

「市ノ瀬様、私を嫁にして欲しいなどと厚かましい望みは持ちませぬ。ただ一晩だけでよい、私を可愛がってくださいませ」

三郎太はさすがに驚いたが、その晩志乃の部屋に忍んできた。娘は狂喜したが、思いも掛けないことにその翌晩も三郎太は志乃の部屋にやってきた。

「俺が遊びで女のもとに忍ぶ男と思っていたのか」

驚いた顔の志乃に三郎太はぶっきらぼうにそう言い、その言葉を聞いた娘は、三郎太にしがみついて頬を濡らした。

志乃と三郎太の噂を聞いている花は、やがては二人が夫婦になるものとばかり思っていた。そしてそのことを羨《うらや》ましく思う気持ちもなかった。田圃《たんぼ》の中で泥まみれになって働いている男しか知らなかった花には、三郎太は眩しく輝く別世界の人間であった。親も身内もいない一人ぼっちのこの娘にとって、三郎太は想う対象にすることすら恐れ多い存在なのである。

花が当惑しきった表情で黙っているのを見て、三郎太は別の受け取り方をした。

「お花には、もう好きな男がいるのか」

「とんでもありませぬ」

娘はあわてて、首を横に振った。

「でも、私なんか駄目です」

「何が駄目なのだ」

「市ノ瀬様は、年が明ければ馬乗りの身分になられるお方ではございませんか。つまり上級武士になられるのです。その嫁は、世間からは奥方と呼ばれる身分でございましょう。私などに、とても務まるお役目ではございませぬ」

「お花は、朝日様のような奥方を思っているのではないか。石堂家は、信濃随一の豪族である村上家の次席家老にして、勘定奉行という大身だ。しかも若は戦場に出れば二千、三千の兵力を預かって、村上家の勝敗を決する重要なお立場だ。従ってこの屋敷には常時四十人もの家臣や使用人が居住していて、それを束ねる朝日様のお役目は大変に重い。

それに比べれば、俺などは上級武士といっても郎党に毛が生えたようなものだ。何も臆することはないではないか」

「それでも奥方は奥方でございます。それなりの嫁入り道具は揃えなくてはなりますまい。身寄り頼りのない私に、どうしてそんな支度ができましょう」

「お花に身寄り頼りがないのは百も承知だ。身一つで、来てくれればよいのだ」

三郎太は歯切れのよい口調でそう言った。

「若からいただいている給金のうちから、多少の銭は蓄えてある。それに若が昇格の引き出物として、この屋敷の外に小さな住まいを建ててやろうと申されて、すでに大工が仕事に掛かっている。だから所帯を持つといっても、さしあたって必要な物は鍋釜の類さえあればよいではないか。家財などは、追々に揃えていけばよいのだ」

そうは言っても、水呑み百姓の嫁取りとはわけが違う。第一、天涯孤独の自分に三郎太の実家との付き合いなど、どうにもこなしようがあるまい。

黙りこくっている娘を見て、三郎太は花の気持ちを軽くしようと話題を変えた。

「この五月に若から昇格の内示があった時、俺は考えたのだ。年が明ければ俺は五人の郎党を持つ馬乗りの身分になり、若のご好意で住む家も用意していただける。しかし一家を構えるのには、嫁がいなければ話になるまい。俺も当初は、お志乃のことを考えた。だが何が不足というのではないが、今一つ乗り気にはなれなかったのだ」

そんな時、昼餉を食らっていた三郎太は、何があったのか女中達が大笑いをしている場面に出くわした。その笑い声の中でも、花の声がひときわ大きく明るかった。

(ほう、おどおどとして上目使いに人の顔を見ていたあの娘が、いつの間にかあんなに大きな声で笑っているのか)

若者は新鮮な驚きを感じた。改めて花を眺めてみると、いつの間にかぐんと背が伸び、全体に肉がついていかにも娘らしい体付きになっているではないか。花の初めての女中姿を見た時、目鼻立ちがきりりと引き締まっていてびっくりしたものだが、一年の間にさらに垢抜けて、挙措動作にどことなく華やかな雰囲気が出てきている。

それから三郎太は、自然と女中の中から花の姿を探すようになっていった。どこにいても花は目立っていた。まるでそこだけ陽が当たっているかのように、花は眩しく輝いて見えた。

若者はそれに気がついた時、志乃に手をついて詫びた。志乃は身を震わせて泣いていたが、やがて気丈に顔を上げて言った。

「半年も通っていただきながら、ややをなさなかったのが身の不運でございました」

たしかに志乃の腹に子が宿れば、三郎太は逃げも隠れもしなかったであろう。しょせんは縁がなかったのだと言ってくれた志乃には、三郎太は今でも頭が上がらない。

それから今までこの若者は、志乃はもちろん、どの女中の部屋にも忍んでいない。

「お花を見ると、お前に初めて会った時、千曲川の土手に菜の花がちらほらと咲いていたのを思い出す。俺にとって、お花はいつも菜の花だ。お天道様の光を一杯に浴びて、きらきらと光っている」

三郎太の言葉を聞いているうちに、花は体が細かく震えて止まらなくなった。娘は涙で潤む目を見張って、やっと言った。

「本当におらでいいのか」

もうすっかり武家の女中言葉が身についた花であったが、自分でも気がつかないうちに忘れたはずの百姓言葉に戻っていた。三郎太は優しく頷いた。

「お花こそ、俺でいいのか」

花はわっと声を上げて、三郎太の胸に飛び込んだ。初めて触れる三郎太の胸板は厚く、盛り上がる筋肉が娘の肩を包み込むように躍動した。花は思いもかけない自分の未来に、黒雲を裂いて突然太陽が現れたようなまばゆいばかりのときめきを覚えた。

「三郎太が、夕餉のあとに話したいことがあると申しておった。朝日にも同席して欲しいとのことだ」

日が落ちると寒さが急激に募ってきて、今日もちらちらと雪が舞ってきている。そろそろ根雪になるのであろうか。

「何の用でございましょうね」

朝日は一徹に綿入れを着せ掛けながら、小首をかしげた。三郎太に限らず、郎党が夜分に二人の居室に顔を出すことなどめったにあることではなかった。

「分からぬが、多分春になって馬乗りの身分になる祝宴の相談ではないか」

「それでは、夕餉のあとに火桶《ひおけ》を三つ用意させましょう」

朝日は二歳の青葉を抱いてあやしている一徹に微笑しながら、手を叩いて奥女中の萩を呼んだ。青葉は両親に似て大柄な体付きで活発によく動き、最近では言葉も少しずつ覚えつつあって、一徹は可愛くてたまらず暇さえあれば青葉と遊んでいた。

「どちらが遊ばせているのか、分かりませぬな」

朝日がそんな冗談を言うほど、一徹は郎党達を鍛える時の厳しさからは想像もつかない子煩悩振りであった。特大の緋の甲冑に身を包んで前線に姿を現せば、与力の衆も粛然《しゅくぜん》として声もないほどに威令《いれい》が行き届く一徹なのに、愛娘《まなむすめ》の前では目尻が下がってまことにだらしがない。

夕餉が済んで世間話などしていると、やがて廊下に人の気配がし、障子の外から三郎太の爽やかな声が聞こえた。青葉はすでに眠っていて、萩が朝日の部屋で見ていてくれた。

「入ってもよろしゅうございますか」

「おう、入れ」

　一徹の声に三郎太は障子を開けたが、そこで後ろを振り返って言った。

「お花、お前も入れ」

　三郎太の後ろからおずおずと花が姿を見せたが、一徹も朝日もまだ事態が理解できずに顔を見合わせるばかりであった。三郎太と花は、緊張した面持ちで並んで正座した。

「お寛《くつろ》ぎのところを、お邪魔して申し訳ありませぬ。しかしこの件については、若と朝日様に一番にご報告したいのでございます。この花と私は、ついさっき来春の昇格を機に祝言を挙げる約束をいたしました」

「本当ですか」

　朝日は驚きの声を上げたが、すぐに花に向き直って言った。

「お花、本当にめでたいことではありませんか。さすがに三郎太です、よい相手を選びました。こんなにいい娘はいませんよ、必ずや立派な夫婦になりましょう」

「今屋敷の裏に新居を建てているが、棟上げの時に『住む家があっても、ともに暮らす嫁がいなければ形がつかぬ。どうだ、朝日に頼んでいい嫁を捜してやろうか』と言ったのだ。すると三郎太は、『有り難いお話ではありますが、自分にも思うところがありますので』と答えおった。思うところとは、お花であったか。成る程、三郎太は俺の真似をして器量好みで嫁を選んだのよ。そうだな、三郎太」

「私は器量好みで選ばれたのでございますか。私は身の丈好みとばかり思っておりましたのに」

「朝日は器量がよく、体が大きい。質量ともに気に入ったのだ」

「女人を褒めるのに、質量ともにと言うのは初めて聞きました」

一徹と朝日の気の合った軽口に、ようやく三郎太の固い表情がほぐれた。

「何事につけても、若は私のよいお手本でございます」

「何を申されます。奥方様と私を並べるなど、思っただけでも恐れ多いことではございませんか」

花はあわてて口を挟んだが、朝日はゆったりと微笑して見せた。

「器量好みとなれば、お花と私とはいい勝負でありましょう。ただ、背丈と目方ではお花はまだまだ私には遠く及びませんけれど」

「祝言を挙げたあとには、今まで以上にしっかりと食べさせますので、朝日様も油断は禁物でございますぞ」

三郎太の言葉に一徹と朝日は顔を見合わせて笑っていたが、花は真っ赤になってうつむくばかりであった。

「いっそのこと、来年の春に馬乗り昇格と嫁取りの祝宴を同時に行ってはどうだ。めでたいことが重なるのは、まことに縁起がよいものだぞ」

一徹の言葉を受けて、朝日が言った。

「お花の嫁入り支度は、私が親代わりになって用意いたしますから、お花は何も心配することはありませんよ」

「そうしてやってくれ。お花を拾ってきてからさりげなく注意して見ていたが、明るく気立てのよい娘に育ったのが分かってからは、俺もそうしてやるつもりでいたのだ」

「とんでもございませぬ」

花は悲鳴を上げた。

「この屋敷に置いていただけたことで、日に三度充分に食事が取れて、裁縫、炊事から行儀作法まで仕込んでいただけ、暖かい夜具に包《くる》まって寝られる。夢のような毎日でございます。この上ご迷惑をお掛けするようなことになっては、とてもお屋敷にいられませぬ」

「お花」

朝日は、笑いを消して静かに言った。

「親も兄弟もないお花をこの屋敷に引き取った時から、私達の手でお花を嫁に出してやらねばならぬと思っていたのです。それが三郎太と夫婦になるというのなら、私達にとってもこれに勝る幸せはありませぬ。三郎太は、一徹様の片腕として今までにも増して活躍してもらわねばならぬ、大切な家臣です。お花は今まで、幸せが薄かった。これからは三郎太と二人で、笑いが溢れる明るい家庭を作っておくれ」

「ご安心くだされ、花を泣かせるようなことは決していたしませぬ」

三郎太はそう言ってから、秋を告げる涼風のような爽やかな微笑を浮かべた。

「それに今のやり取りを拝聴していますと、花と私が夫婦喧嘩などしたりしたら、事の起こりなど聞かずに、若も朝日様も花の肩を持つでありましょう。花がこの屋敷に残って、私が追い出されるようなことになっては大変でございます。今後とも花を大切にいたしますので、どうかお見限りなく」

花は三人の言葉に、肩を震わせて泣いていた。一つ間違えれば宿場女郎に売られていた自分を、こんなにも温かく見守ってくれる人達がいるとは、夢のようであった。

（私には親も身寄りもないけれど、他の誰よりも幸せだ）

娘は魂が透き通るほどの感動をもってそう思った。

六

小県郡塩田《しおた》郷（現・上田市本郷）の市ノ瀬家の前で、三郎太はふっと白い息を吐《は》いた。十一月も下旬に入り、道も実家の屋根もすでに白く雪を被っている。

郎党の家とあって母屋はせいぜい二十坪ほどで、しかも三郎太が生まれる前から建っているので、木口は真っ黒に古びていた。今までは気にしたこともなかったが、完成間近の三郎太の新居に比べると数段見劣りがした。

三郎太は、表から声を掛けて引き戸を開けた。二日前に訪問の意を小者を通じて伝えておいたので、父の金七《かねしち》と母の波《なみ》が待っていてくれた。金七は村上家の重臣、福沢家に仕える井上政実《いのうえまさざね》の郎党だったが、三年前に長男の市蔵《いちぞう》に家督を譲って波と二人だけでのんびりと暮らしていた。

「立派な格好になって」

波が息子の姿に、うれしそうな声を上げた。寒いこともあって、三郎太は小袖の上に淡青《うすあお》の平絹の大紋《だいもん》を着ていた。大紋は直垂《ひたたれ》が発展したもので、胸の上部や両袖など五ヶ所に家紋を入れた上級武士の礼装である。三郎太もこれを着て外出するのは初めてであった。

「我が家からも、初めて上級武士が出た。めでたい、めでたい」

金七は盛んに火が熾《おこ》った囲炉裏の前で、相好《そうごう》を崩して喜んだ。三人の息子の中で、人の乱暴者として近所の鼻摘みだった三郎太だけが馬乗りの身分になったのだから、人の将来ほど分からないものはない。もっとも目の前に座っている三郎太は骨柄がいかにも逞しく、周囲に配る眼光にも力がこもっていて寸分の隙もなく、幾多の功名も当然と思わせるだけの迫力を備えていた。

「めでたさついでに、報告したいことがあります。喜んでくだされ、実は昇格と同時に嫁を迎えたいと思っております」

「何と、嫁まで決めているのか」

三郎太はあと一ヶ月と少しで二十四歳だから、所帯を持つのに早過ぎるということはなかったが、今まで浮いた話一つなかっただけに、両親にとっては思いがけない嫁取り話であった。

「名前は花、石堂家の女中で年が明ければ十五になります。明るくて気立てがよく、しかもまれに見る美形でございます。親父もお袋も、一目見れば気に入っていただけるに違いありませぬ」

「それで、さぞ立派な家柄の娘であろうな」

喜んでもらえると思って報告したのに、父親の反応は意外なものであった。

「家柄などは、さらにありませぬ。何しろ百姓の娘で、それも悪疫《あくえき》のために家族を早くに亡くして、遠縁の百姓に拾われて成長し、十三の時に縁あって石堂家の女中となったという生い立ちでございますから」

「何だ、水呑み百姓の娘か」

金七は冷ややかにそう言い、冷えた茶を飲み干した。

「お前も、年が明ければ上級武士なのだぞ。それも今をときめく石堂家の出世頭なのだ。どんな家からでも嫁を迎えられる。現に驚くようなところから、私のところに縁談が持ち込まれているのだ。何もわざわざ水呑み百姓の娘など、相手にすることはあるまい。第一みっともなくて、人にも言えぬわ。悪いことは言わない、今からでも破談にするがよい」

金七には、何も持たない百姓娘が手練手管《てれんてくだ》で純情な息子をたぶらかしているのだとしか思えないのであろう。三郎太の顔に、ぱっと朱を散らしたように血が上った。

「百姓の娘で何が悪い。そういう親父だって、郎党の給金だけでは食っていけずに、家の周りに二反の畑を作っていたではないか。百姓と大して変わらない暮らしをしていたくせに、俺が馬乗りの身分になると聞いたら何を勘違いしたのか、急に百姓を見下した口を利く。親父の方が余程みっともないではないか。

それにお花を見もしないで、よくそんなことが言えるな。そんなに好い縁談が降ってくるなら、親父がその娘を貰えばいいではないか」

「何を馬鹿なことを申しておる。立派な家柄の娘を貰えば、市ノ瀬の家にも箔がつくというものだ」

「市ノ瀬の名前に箔がつくかどうかは、これからの俺の働き一つではないか。嫁の実家の助けなど借りぬ、お花と俺が力を合わせて、市ノ瀬の家をこの塩田郷随一の名家にしてみせるわ」

三郎太は怒気を含んで立ち上がった。

「この話が喜んでもらえたら、次はお花を連れてきて挨拶させるつもりでいた。しかしお花を見もしないで毛嫌いするなら、もういい。親父やお袋が反対するなら、祝言の席には呼ばぬ。俺達は殿のご夫妻、郎党達、女中達に祝福してもらうだけで充分だ」

三郎太はわらじを履き、手荒く引き戸を開けて足音高く歩み去った。波があわててとりなそうとして何か言ったが、三郎太は振り向きもしなかった。


「どうでございました」

とうに郎党達の夕餉が済んで、染み通るような寒さが支配する食事の間で、三郎太は花の給仕で遅い食事を摂っていた。いい報告が貰えるものと、信じきっている花の表情は明るかった。

三郎太と花のことは、もう郎党達、女中達の間に知れ渡っていた。三郎太は一徹、朝日に報告した翌日、夕餉の席で郎党達に手をついて詫びた。

「お花が女中長屋に入るのを楽しみにしていた者も多かろうに、俺が抜け駆けをしてしまった。まことに、詫びる言葉もない」

さすがに郎党達は驚いていたが、すぐに唐木田善助が笑って言った。

「三郎太様に参戦されては、誰もが降参でございますよ。それにしても、最近のお花はまことに色っぽい。あれは、三郎太様の抜け駆けのせいでありましょうな」

「馬鹿を言うな。俺はお花にはまだ一切手をつけておらぬ」

「嘘だろう」

という声が盛んに上がる中に、駒村長治の声が響いた。

「いや、本当でございましょう。皆がお花が十五になるのを楽しみにして待っている、それを知っている三郎太様は、いかにお花を愛しゅう思うていても、お花が十五になるまでは手を出さない、それこそが三郎太様でございますよ」

「その通りだ。だがもしお花が俺のことを慕っていると申したら、俺ならとても我慢ができぬわ。その晩のうちにややが授かるであろうな」

押鐘信光が大柄な体を揺すって笑うのを、小林行家が早速冷やかした。

「それも双子だ、いや三つ子か」

女中達にも、噂はすぐに伝わった。まだ女中長屋にも入っていない花だけに皆は驚いたが、すぐに誰彼となく花の肩を叩いて祝福の声が飛んだ。

「それにしても、どうやって三郎太様を口説いたのさ」

守り袋の件以来、花の姉をもって任じている秋がそう訊ねた。他の女中達も興味津々の面持ちで、花の顔を覗き込んだ。

「口説くなんて、そんな」

「じゃ、口説かれたのかい」

花は頬を真っ赤にして頷いた。女中達はどっと笑った。

「しかし、三郎太様にも困ったものだね。物事には順番というものがあるんだよ」

佳津《かづ》の言葉に、娘達はまた笑った。佳津は年が明ければ十八歳になり、女中長屋の住人では一番の古株なのである。同じ時期に長屋に入った二人の娘は、すでにややが授かってそれぞれ気に入った郎党と祝言を挙げていた。同期に後れをとったばかりか、まだ女中長屋に入ってもいない花に先を越されたとあっては、冗談の中に本気が滲むのも無理はなかった。


三郎太は箸を止めて、どう切り出したものかとしばらく迷っていたが、やがてきっぱりとした表情で言った。

「親父と喧嘩をしてきた。この分では、俺達の祝言に親父もお袋も呼ばぬ」

三郎太は花の気持ちを傷つけないように言葉を選びながら、父親の言い分を説明して最後に付け加えた。

「お前は天涯孤独の身の上だが、これで俺も同じ立場になった。もともと親に何をしてもらうつもりもなかったが、これで気持ちは割り切れた。若に住む家を作ってもらえれば、それ以上に何を望むものがあろう。あとは誰の助けも借りず、俺達二人で力を合わせてやっていくだけだ」

　三郎太の言葉が進むにつれて、花の表情には驚きも怒りも消えて透き通った静けさが満ちた。娘は、年に似合わぬ低い落ち着いた声で言った。

「この何日か、楽しい夢を見させていただきました。けれど私は、三郎太様の言葉に甘えて、自分の身分をついつい忘れてしまっていたようでございます。三郎太様は上級武士になられる身、それも日の出の勢いの石堂家の出世頭とあっては、どんないい家柄のところからでも嫁取りができましょう。それに引き換え私は水呑み百姓の娘で、それも二親《ふたおや》をはじめ頼りになる親族もいない身の上でございます。お父上がみっともなくて人にも言えないと申されるのは、まことにごもっともで――」

　話の途中で、三郎太の平手が激しく花の頬に飛んだ。花は床に倒れたばかりでなく、勢いあまって一尺あまりも板敷きを横に滑った。三郎太は花の両肩を摑んで引きずり起こすと、噛みつくような目で睨み据えた。

「二度とそのようなことを申すな。お花が千曲川の土手を逃げてくるのを、背後にかばったのはこの俺だぞ。お花がどんな生い立ちの娘かは、俺が一番よく知っているわ。なまじ立派な家柄の娘で持参金など持ってくれれば、それを鼻に掛けて頭《ず》が高くなるのが関の山だ。お花には何もないだけ、一途に俺に尽くしてくれるだろう」

花は三郎太の新調の大紋の肩に涙を撒き散らしながら、全身でこの誠意に満ちた若者の言葉を聞いた。

「俺は、お花にはこれから楽な暮らしをさせるとは約束しない。いや、これまで以上に苦労をする覚悟をしてくれ。俺は今でこそ若の片腕としていつもすぐそばに控えているが、やがては侍大将として一手を預かる身分に必ずなってみせる。郎党から出発して侍大将にまでなろうというのだ、夫婦揃って骨が軋《きし》むような努力を重ねなければ、どうして険しい坂道を登っていけよう。

俺は両親のところから、この屋敷に戻ってくる間に決心したのだ。十年掛かるか、二十年掛かるか分からぬが、俺達は必ず世間から評判となるような見事な夫婦となって、あの両親に三郎太はよい嫁を貰ったと言わせてみせると」

花は、がくがくと体を震わせて頷きながら思った。

(この世に生きていくということには、苦労がつきものなのだ。けれど好きな相手と一緒ならば、そんな苦労が何だろう。人の幸せとは、どんなに苦労しても後悔しない相手と添い遂げることではないか)

祝言までも祝言を挙げてからも、苦労は次々と押し寄せてくるに違いない。だがそれから逃げようとすれば、三郎太を他の娘に渡してしまうしかないのだ。

（私はどんな苦労でも耐え忍んでみせる。三郎太様のご両親の心が、いつか私を温かく受け入れてくれるまでは）


「困ったことになったぞ」

道場での午後の稽古が終わって自分の居室に戻ってくるなり、一徹は朝日にそう声を掛けた。屋敷の内外に根雪が積もって午後の遠乗りができなくなってしまい、このところ稽古の終了は未の下刻（午後三時）となっていた。

「どうなさったのですか」

「昨日、三郎太が実家にお花のことを報告に行ったろう。少し前にその結果を聞いたのだが、親御も喜んでくれたと思いの他、どうも気に入らなかったようで三郎太が喧嘩別れをしてきたらしい。本人は、こんなことなら祝言の席に両親は呼ばないと申しておる」

「お花のどこが気に入らないのでございます。お花はあんなによい娘でありますのに」

「水呑み百姓の生まれだからだそうだ。何でも三郎太が馬乗りの身分になると聞いてから、急に驚くようないい家柄からの縁談が来るようになっているらしい」

「三郎太は一徹様の片腕、娘を三郎太に縁付ければ、今をときめく石堂家に繫がりができるとの思惑からでございましょう」

「まったく、その心根が卑しい。親御がそれに気がつかないとは困ったものだ」

「それで、どうなさるおつもりです」

「三郎太は親と縁を切ると息巻いているが、それではお花が両親から憎まれっぱなしになってしまう。自分のために三郎太と両親が不仲になるというのは、お花としても気が重かろう。お花はいい娘だ、せっかくのめでたい話だというのにそんな心労はさせるべきではあるまい。これは俺がひと骨折って、三郎太の両親を説得せねばなるまいな」

「それはどうでありましょう」

朝日は、小さく首をかしげた。

「一徹様が乗り出せば、むろん三郎太のご両親は恐れ入って従いましょう。しかしそれは、村上家の次席家老、勘定奉行という石堂家の肩書きに身を屈するだけでございますよ。本心から納得していない以上は、お花はやはり気が休まりますまい」

「ではどうする」

朝日は豊かな頰から微笑を消してしばらく考えていたが、やがてぱっと華やかな笑顔になった。

「ご両親は、いい家柄の娘という肩書きが欲しいのでありましょう。ならば、村上の家中にあってこれ以上はないという肩書きを、お花に与えてやればいいではありませんか」

朝日はいったん言葉を切って、一徹の顔を正面から見詰めた。

「あの娘を、私達の養女にいたしましょう」

「これはまた、思い切った案だな」

一徹はこういう提案を考え出す朝日の頭の働きに、感心しながら言った。

「しかしお花は十四だから、朝日とは九つしか違わない。それはまだしも、お花が娘となれば三郎太は義理の息子ということになるが、あいつは俺とは一つ違い、朝日より一つ年上だぞ。ここはやはり、父上、母上の養女にしていただく方が穏当ではあるまいか」

「年齢から言えばたしかにそうでしょうが、お父上はすでに隠居の身、一徹様は今や飛ぶ鳥も落とす勢いの石堂本家の御当主、重みが違いますよ。ここはやはり、私達の養女にしなければなりませぬ」

「たしかに俺と父上では重みが違うが、朝日と母上の重みの違いはそれ以上だな」

「好かぬ」

朝日は一徹の軽口にわざとらしく頰を膨らましてみせた。一徹は噴き出しながら言った。

「分かった。それでは、お花を我らの養女としよう。俺はこれから父上に報告してくる。父上の了解を貰った上で、三郎太とお花を呼んで話してやろう」

一徹から養女にすると聞いた時、花は顔色を変えて飛び下がった。

「私のような者が若殿様、奥方様の養女になるなど、あまりにも恐れ多いことでございます。とてもお受けすることはできませぬ」

「お花、それでは三郎太のご両親の納得が得られぬままでいいのですか。それに一徹様も私も、両親のいないお花を嫁に出すからには、私達が親代わりを務めるつもりでいたのですよ。親代わりも親も同じことではありませぬか」

朝日の笑顔に、三郎太は頰を紅潮させて答えた。

「有り難いお言葉でございます。しかし祝言が済みましたら、養女の話は取り消しにしてくださいませ。花がお二人の養女のままなら、花は私にとって主筋《しゅうすじ》になってしまいます。夫婦喧嘩をしようにも、手を上げることもできませぬ」

「私からもお願いいたします。私達は分相応に、貧しい暮らしから出発いたしとうございます」

「いいえ、お花はずっと私の娘です。娘ならばこそ、厳しいことも言いましょう。また二人が三郎太の知行だけで暮らしていくのは当たり前のことで、助ける気などありませぬ。ただ、娘ならば親に甘えなさい。どんな愚痴でも、一言も挟まずにじっと聞いてあげますから」

「お花、三郎太は苦労のし甲斐がある亭主であるぞ。お花にとってはたった一人の身内なのだ、大切にしてやってくれ」

花は、声を忍んで泣いていた。一徹も朝日も、そんな花が本当の自分の娘であるように思えてならなかった。

第七章　天文八年　秋

一

「厄介なことが持ち上がったぞ。高井《たかい》郡の井上清忠から急使が参って、高梨政頼が攻め込んできたにつき、至急救援ありたいというのだ」

天文八年（一五三九年）十月、村上義清は坂木の村上館に呼び集めた重臣達を前にして、渋い表情でそう告げた。高井郡井上郷（現・須坂市）の井上氏と中野郷（現・中野市）の高梨氏は南北に領地が並ぶ豪族であるが、ともに村上氏とは同盟関係にあり、敵からの攻撃を受ければ互いに応援し合う体制を取っている。

しかしこの同盟はあくまでも共通の敵、たとえば中信濃の小笠原とか甲斐の武田を対象としたものであって、今回のように同盟している者同士が敵味方に分かれて争う事態は想定していない。

どちらも同盟者である以上、村上氏が、井上氏から応援を依頼されても、おいそれとは高梨氏を敵に回すわけにはいかない。

本来ならば義清が中に入って両者を仲裁するのが筋であろうが、今はそれどころではない事情があった。

佐久郡の前山城（現・佐久市大字前山に所在）にこもる伴野《ともの》貞慶《さだよし》に不穏な動きがあり、そこに出兵すべく準備を進めていて、この数日中にも出立する運びとなっていた。とりあえず今回は村上勢だけの動員として同盟する諸将には声を掛けていないが、伴野氏の背後に武田氏の動きがあるようならば、急ぎ動員を掛けなければならないと思っていたところだった。

天文五年の海《うん》ノ口城攻略以来、武田氏との直接対決こそないものの、信虎が金、銀、兵糧を餌に諸豪族を扇動して、村上家から離反させる策謀は年を追って激しくなっているだけに、油断はできなかった。

「高梨政頼も政頼だ。我らが佐久へ出兵すると聞いて、それならば井上氏の後詰をする余裕なしと読んだのであろう。その根性がさもしいではないか」

高梨氏も井上氏も北信濃の名家であるが、身代は高梨氏の方がずっと大きい。兵力で比較すれば、八百対四百といったところか。村上家が手を差し伸べなければ、十日も掛からずに井上氏はこの世から消滅してしまうであろう。

「困りましたな。井上氏を見捨てるわけにもいかず、かといって佐久郡の動きも急を要しまする。はて、どうしたものか」

屋代政国は、書院の天井を仰いで腕を組んだ。清野清秀、山田国政、竹鼻虎正などの譜代の重臣達も、互いに顔を見合わせるばかりで言葉が出ない。義清は舌打ちをする思いで、重臣達を眺め渡した。

（この連中は譜代という身分に安住しきっているだけで、いざという時に傾聴するに足るだけの意見を吐く識見も勇気もない）

「伴野氏の動きは、一つ対応を誤ると村上家の大事となる。だが井上氏が滅んでも、高梨氏が村上家を凌ぐ大勢力になるわけではない。あとからいくらでも対応はできよう。可哀想だが、井上氏は見殺しにするしかないか」

義清は、やむなく不興げにそう言い放った。誰にしても、いざとなれば我が身が可愛い。自分の目の前の大事を放り出して、他人の苦難に手を貸すことはできない。

「いや、それはなりませぬ」

皆が義清の言葉に頷くのを見て、一徹は野太い声を上げげた。この場にいて譜代の臣でないのは一徹と輝久の兄弟だけであったが、皮肉なことに常に自分の見解を持っていて誰にも臆することなく発言するのは、この二人であった。

「井上氏はこの十年、同盟を遵守して毎年のように殿の陣触れに従い佐久へ出陣しておりまする。その井上氏が応援を求めてきたのでござるぞ。助けなければ信義に背くことになりましょう」

「今の世の中、信義など犬も食わぬわい」

明日のことも分からぬ戦国の世である。人々は今日の僅かな利のために平然として裏切りや背信を繰り返して少しも恥じず、信義とか道徳などという言葉は地に落ちて久しかった。

(何を馬鹿なことを言っている)

義清は取り合わなかったが、一徹はなおも顔を上げて強く言葉を重ねた。

「いや、それだからこそ、ここは信義を守ることが大事なのでござる。伴野氏のことは、井上氏も聞いておりましょう。村上家がその対応に追われて井上氏の救援に向かう余力がないことは百も承知の上で、万事窮して助けを求めてきたのでござる。ならばここはどんな無理をしてでも、井上氏の応援に向かわなければなりませぬ。

守れる信義ならば、誰でも守りましょう。守れぬ信義を愚直に守ってこそ、まことの信義ではござらぬか。ここで井上氏の窮地を救ってやれば、井上氏は感涙して今後は村上家に忠勤を尽くしましょうぞ」

「そうは言っても、村上家のどこにそんな余裕がある」

一徹は村上義清を正面から見据えて、静かに言った。

「佐久への出立は、一日を争うほど緊迫しているわけではありますまい。拙者に五日間の日にちを下されʼ。拙者に預けられている与力のうち三百名を率いて明日出立し、五日のうちに片を付けてまいりまする」

(井上郷までは坂木から往復二日、すると一徹は僅か三日のうちに三百の兵力で八百の高梨氏を追い払ってしまうというのか)

信じられない思いで見詰める村上義清の前で、一徹は平然として言葉を継いだ。

「いくさは拙者の一手で引き受けますが、殿は五日の後に井上郷に出陣するとの陣触れを出してくだされ。この館の周辺にも、高梨氏の間者《かんじゃ》が忍んでおりましょう。石堂一徹が先陣としてまず明日出立し、数日後には殿ご自身が全軍を率いて出陣すると高梨氏に伝われば、しめたものでございます」

どうせ軍勢が勢揃いするにはまだ数日は掛かる。井上氏の救援に向かうという触れを出しておいて、準備を進めているうちに一徹が目的を果たして戻ってくるならば、そのまま本来の目的通りに佐久郡へと出立するだけのことだ。

(一徹に任せておくだけで井上氏への義理は立ち、高梨氏にはお灸が据えられるとなれば、悪い話ではない)

そう考えた義清は頷いて一徹の提案を受け入れたが、同時にこうした献策をすることの大男の不思議さを思わないではいられなかった。

この巨大漢は明朝早く坂木を発って井上郷に向かい、城に取りついている高梨勢を追い払って井上氏を救出し、その足でまたあわただしく坂木へと駆け戻ってくるのであろう。高梨氏も村上家にとっては有力な同盟者である以上は、手ひどい打撃を与えるわけにもいかず、従って今度の井上郷行きは一徹にとってたいした手柄にはなるまい。

また窮地を救われた井上氏の感謝は言葉に尽くせないほどのものがあろうが、それはすべて一徹を派遣した村上義清に向けられるもので、一徹個人へは何の見返りもない。

（この戦略家の思案と行動は、すべてが村上家にとって何が最善かというところから出発していて、私心というものが毛ほどもうかがわれない）

それを主君に対する忠誠心と言うならば、その点では譜代の家臣の誰よりも際立っていよう。だが義清は、どうもそれとも違うような気がしてならなかった。

（飼い犬のような卑屈な忠誠心の持ち主ならば他にいくらでもいるが、一徹は尻尾を振って寄ってくる犬ではない）

あえて言えば、毅然として岩頭に立つ一匹狼だ。あくまでも義清からは独立していて、しかも常に村上の家を大きくするために心血を注いでやむことがない。

武士というものは功名を立てて主君から所領を与えられ、自分の家を大きくすることにこそ命を懸けるものなのだ。しかし一徹の無私の献身は、そうした常識からまったく外れている。

（あの男は、一体何が目的でこれほどに身を粉《こ》にして働くのか）

義清にとって、かつては一徹は自分の戦術を誰よりも理解して実践する愛弟子《まなでし》であった。だがいつの頃からか、一徹はそうした枠を超えて自分の意思で行動しているように思えてならない。

一徹にはすでに八百石を与えている。だがそれは、この男の功績からすればあまりに少な過ぎる。そのことに何の不満も漏らさずに、戦術、戦略に磨きをかけつつ次第に行動範囲を広げていく一徹に、義清は初めて言い知れない不気味さを覚えた。


もう暮れるに早い秋の日は傾き始めていたが、西に遠望する飛驒山脈はところどころに残雪があって、紅葉した木々を前景にいかにも高山らしい荘厳な雰囲気を漂わせていた。

早朝に坂木を発った一徹の一行は、松代、大室《おおむろ》と過ぎて井上郷に近づきつつあった。行く手の辻に、騎馬姿の駒村長治が待機していた。

「どうだ、もういくさは始まっているのか」

「まだでございます。私が昨日の夕方に薬売りに化けて井上郷に潜り込んだ時には、丁度高梨勢八百人が到着したところでございました。陣を構えている雑兵のところに入り込んで、『坂木では数日のうちに村上義清様が井上郷に出陣なさる、明日には石堂一徹様が先陣として出発されると大変な騒ぎでございます。これは井上郷でいくさがあると読んで、こうして薬を売りに参ったのでございます』と噂を振りまいて歩きました。ところが高梨氏が坂木に放っておいた間者からも、まったく同じ情報がもたらされたものとみえます」

長治の情報は、自分の耳目で摑んできているだけに詳細で、しかも具体的であった。

「村上勢の出兵はないと決めつけていた高梨方では愕然として動揺の色がうかがえ、今日はとりあえずいくさは見送り、若が本当に姿を見せるのか、まずは様子見というところでございます」

「それはよかった。それで、井上氏は」

「井上館の南に七百尺ばかりの井上山という山があり、その山頂に井上大城、小城という一続きの詰めの城がありまです。井上勢は三日前からそこにこもっているそうでございます。高梨勢はその城を北側から攻め上がるべく、平地に広く陣を張っております」

「分かった。それでは、高梨殿の本陣まで参ろう。まずは高梨勢の見えるところまで案内せい」

「高梨の本陣まで参るのでございますか」

てっきりすぐにいくさが始まるとばかり思い込んでいた市ノ瀬三郎太は、驚きの声を上げた。

「まだいくさが始まっていないのであれば、高梨政頼を多少脅しつけてやれば、恐れ入って退散するに違いあるまい。まずは、俺に任せておけ」

一徹の手勢に佐久勢、それに一徹に心を寄せる有志が結集した三百の精鋭は、固く隊列を組んで駒村長治の後ろに続いた。猿が指差す井上大城、小城を右手に望んで街道を進めば、すぐに眼前に高梨勢の陣が散開しているのが見えてきた。

「我が旗を立てよ」

一徹は全軍を街道沿いの草原に集結させ、馬を降りて床几《しょうぎ》に腰を下ろした。その前後に素早く三百人がそれぞれの位置を占めて陣を張った。

無双の二文字を記した石堂家の大旗が爽やかな秋風に翻ると、高梨勢からも山上の井上勢からもどっとどよめきが湧いた。

一徹は、三郎太を振り返って言った。

「三郎太、軍使に立て。高梨殿に面会を申し入れるのだ」

「かしこまりました」

三郎太は一徹から口上を聞くと、騎乗のまま抜き身の大刀を風車のように手首で振り回しつつ、見覚えのある高梨政頼の旗が立つ本陣へと近づいていった。この動作は軍使のしるしで、誰も遮ることなく通すのが戦場の作法になっている。

政頼の本陣から高梨家の重臣である小古井兵部が、転げるように駆け出してきた。高梨勢は石堂一徹と同じく室賀光氏の与力だから、二人は昨年の越後出兵以来の顔見知りであった。

「これはこれは、市ノ瀬殿。今日はどのような御用向きでありましょうや」

「主人の石堂一徹が、村上義清の代理としてこの場に参っております。この度の高梨殿のご出陣の本意がどこにあるのか、面談の上お尋ねしたいとのことでござる」

小古井兵部は、先に立って高梨政頼のところに案内した。政頼は顔色も優れず、いかにも不安げな落ち着きのない態度で三郎太を迎えた。

今兜を脱いだばかりなのであろう、通常の烏帽子《えぼし》ではなく兜の着装時に頭に被る萎《な》え烏帽子のままであった。

「石堂殿がお見えか。軍使とは他人行儀な。すぐにこちらへお通し申せ」

村上勢は佐久の動向に足を取られて、こちらへは来られまいとたかを括《くく》っていた政頼は、目算が外れて明らかに動揺していた。

すぐに姿を見せた石堂一徹に対しても、挨拶の声が上ずっていて真っ直ぐに顔が見られなかった。政頼は一徹より五、六歳は年長のはずだが、こうして相対するとどっしりと構えた一徹に比べて腰が浮いていて、まるで貫禄が違った。

（この男はもう戦意を喪失している）

と、一徹は読んだ。ならば話は単刀直入でよい。

「高梨殿のこの度のご出陣は、いかなる理由によるものでございましょうか」

「中野郷と井上郷との領地の境界を巡る争いでござるよ」

隣り合った豪族は、仲が悪い例が珍しくない。一方の得はそのまま他方の損になるからで、たとえば川が両家の境界になっている場合、川が氾濫して流れが変わればたちまち争いが起こる。

「しかしこの秋になって、高梨家と井上家の間に領地の争いがあったとは聞いておりませぬが」

「いや、数年来の揉め事でござるよ」

何年も前からの争いならば、何も今の今決着をつけなければならない理由はない。

（土地争いというのは単なる口実で、村上家が佐久郡の騒ぎで北信濃まで面倒を見られない隙を突いて、宿敵の井上氏を滅ぼそうとしたのであろう）

実は井上家は、数代さかのぼれば高梨氏の本家なのである。ところが領地の井上郷は高梨氏の中野郷の南に位置しているために、早くから村上家からの圧力を受けるようになり、抗しきれずに村上家と同盟を結んだ。長尾為景を後ろ盾として反抗的な高梨氏に村上家は何度か攻撃を仕掛けたが、その度に井上家を先鋒として起用していた。

高梨氏にしてみれば、先祖を同じくする一族でありながら村上の手先となって攻めてくる井上家が憎くてたまらず、いつかは叩き潰してくれようと好機をうかがっていたのに違いあるまい。

「揉め事の内容は存じませぬが、同じ北信濃の名家である高梨氏と井上氏が、全力を挙げてぶつかり合うというのも穏やかではございませぬ。佐久郡の動きが収まりましたならば、必ず主君の村上義清が仲裁に入りましょう。両家の言い分を充分に聞き比べた上で双方納得のいくような解決を図るということで、ここは兵を退いていただけませぬか」

一徹は穏やかな口調でそう言ってから、強い光をたたえた目で政頼を見据えた。

「それとも、どうしても弓矢で決着をつけたいとおっしゃるのであれば、井上殿から救援の依頼を受けた以上は、我らは井上殿にお味方しなければなりませぬ。殿の到着を待たずに、ただ今からここでいくさを始めてもよろしゅうござるが」

政頼は、一徹が内心哀れんだほどに震え上がった。高梨勢は昨年の越後出兵以来何度も石堂勢と戦線をともにしているだけに、石堂勢の強さは骨身に徹している。

兵力は三百対八百と隔絶しているが、泣く子も黙る花の十八人衆の錐立てなど仕掛けられたら、石堂勢の正面に立った高梨の軍勢は戦う前から槍を担いで逃げ出してしまうであろう。

そんな政頼の心中を見通した上で、一徹は言葉を和らげて言った。

「この場でお返事をいただこうとは思っておりませぬ。こうした話は双方の言い分を聞かなければ、実のところは分かりますまい。それで拙者はこれから井上城に参り、井上殿の話も聞いてみたいと存ずる。ついては明朝の辰《たつ》の刻（午前八時）までに兵を退いていただけるかどうか、井上城までご回答願いとうござる」

「明日の辰の刻でござるな」

政頼がほっとしてそう言うのをあとにして、一徹はいったん自分の陣へ戻ってから手勢を率いて井上城へ向かった。一徹自身が先頭に立って目の前の分厚い高梨勢を抜けると、今度は与力の衆を先に行かせ、花の十八人衆が殿を務めた。

全軍の最後尾にあって相手を睨み渡す一徹の勇姿は、高梨勢の荒肝をひしぐのに充分な迫力であった。


一徹が長い坂道を上って井上城に到着した頃には西空が茜《あかね》色に染まり、木立の間から見える雲が燃え立つようであった。井上清忠は、井上小城の城門の前まで出て満面の笑顔で一徹を迎えた。

「いや、かたじけない。救援依頼の使者は立てたものの、とても無理かと覚悟を決めておりました。地獄で仏とはまさにこのことでござるよ」

詰めの城だけに、城主の居館といっても吹けば飛ぶような粗末な建物であった。

小さな部屋に通されて、一徹は清忠と向かい合った。今までのいきさつを物語ると、清忠は相好を崩して喜んだ。

「石堂殿がお見えになっては、高梨政頼も戦意喪失でござろう。これで拙者の首も繋がったというものでござる」

「恐らく明日の早朝には、高梨勢は退きましょう。我らはそれを見届けた上で、直ちに坂木へ退き上げとう存ずる。できれば主君の村上義清が坂木を出立する前に、帰着したいと考えておりますれば」

「本来ならば拙者も同道して村上殿に直接御礼申し上げるべきではございますが、今は高梨勢の動きから目が離せませぬ。村上殿が佐久から戻られてからご挨拶に参上しますほどに、今は石堂殿からよしなにお伝えくだされ」

井上清忠はそう言って頭を下げると、手を鳴らして酒の準備を申しつけた。

二

翌日の午後に坂木の村上館に戻った一徹は、一人で書院に伺候《しこう》して義清に事の次第を報告した。

「何と、昨日の早朝に出立したばかりなのに、もうすべて片が付いたと申すか」

義清は信じられないといった表情で、感嘆の声を上げた。ここで功を誇っては、主君の機嫌を損ねるのが一徹には分かっている。淡々として井上清忠の謝意を伝えた。

「一日二日はゆっくり休め。佐久への出立は明後日になろうぞ。まずは疲れ休めに一献参るか」

「いや、この機会に殿に申し上げたき儀がござる。ついては、お人払いを」

一徹は生真面目な口調で強く言った。日頃から胸にたまっているものをここでぶちまけてみたいという真剣な雰囲気が感じられて、義清は近習を振り返って去るようにと命じた。

一徹は居住まいを正して語り出した。

「武田が毎年のように佐久に侵攻してくるのは、信濃を併合して甲信の覇王にならんという野望の表れだというのは、私が常々申し上げている通りでございます。しかし武田が長期の計画を練り上げて信濃に歩を進めつつあるとすれば、これに対抗していくためには、村上家も甲信の全土を制覇する戦略を持たなければなりますまい。

そこで、殿にお訊きしたいことがござる。殿は本気でこの信濃の国の領主になりたいと望んでおられますのか」

一徹は目に強い力をこめて、義清を見据えた。

「知れたことよ」

「それでは、殿は信濃の国を我がものとする段取りをどのように考えておられますのか」

「どのようにと申しても、とりあえずは武田を佐久郡から追い出すのが先決だな」

「とりあえずとは、いつまでのことでござる」

「相手のあることだ、いつまでと分かれば苦労はないわい」

一徹はいったん言葉を切り、さらに険しい表情を浮かべて厳しい口調で言った。

「拙者の言う望みとは、殿の申すような漠然とした願望のことではござらぬ。望みとは、目標に至る道筋と期限があらかじめきちんと整理されていて、それに従って自らが今日からでも動き出せるというものでなければなりませぬ」

「それでは、一徹が考えている信濃の領主への道筋とは、どのようなものだ」

「信濃の国主になるまでには、四つの段階を踏む必要がありましょう」

一徹は廊下に声が漏れないように、義清ににじり寄って低い、しかし力のこもった声でかねてから胸に秘めていた秘策を説いた。

「最初の段階は、村上家の中から同盟者を除くことでござる。北信濃には高梨氏、井上氏、須田氏、小田切氏のような同盟者が数多くおります。これは七十年ばかり前に村上政清様が北信濃に勢力を伸ばし始めた頃、一日も早く中信濃を本拠とする小笠原氏に対抗する勢力を持つ必要があって、小笠原氏や越後の諸勢力から脅威を感じている豪族達を説いて、次々と同盟を結んでいった結果なのでござる」

これはたとえば高梨氏が越後から攻撃を受けた場合にはただちに村上氏が応援の兵を出し、逆に村上氏が小笠原氏と戦う時には高梨氏が兵を率いて馳せ参ずるという攻守同盟であった。

高梨氏や井上氏はいくさに当たっては村上家と力を合わせて戦うが、それ以外には互いに一切の義務を負わない。従ってあの者達は身代の大小はあっても家臣ではなく客将といった扱いで、あくまでも独立した豪族である。村上家の命令一つで、好きなように動かせるわけではない。

それでも互いに助けたり助けられたりする関係が続いて、互いの利害が共通している時代はまだよかった。しかしこの数年、越後では長尾晴景が国内の反乱に手を焼いていて信濃に攻め込む余裕がなく、また小笠原家との関係も良好な状態で推移している。

そのため村上家の勢力範囲で武力衝突が起こるのは佐久郡しかなく、その結果同盟する豪族達は毎年のように自分の領地からは遥かに遠い佐久郡に駆り出されるばかりで、村上家に援助を受ける機会は絶えてなかった。

同盟関係は費用自分持ちが原則だから、豪族達にとってはこれでは持ち出しになるばかりでまことに面白くない。いきおい働き振りがはかばかしくなくなるのは、人情として当然であろう。

村上家の動員能力は六、七千というところだが、実態としては手を砕いて働くのは譜代と新参の村上家臣団だけで、二千ほどの同盟軍は適当に戦いながら様子見に徹し、勝ち戦となれば張り切って奮戦するが、少しでも敗色が見えればさっさと勝手に退き上げを始めてしまう。

従っていくさだてにあたっては重要な陣はすべて村上家の家臣団で固める他はなく、豪族軍は後詰とか遊軍とか、悪く言えば数合わせの飾り物という位置づけだ。

「これに対して、当面の敵である武田勢はそうではありませぬ。甲斐の国の平定にあたっては、武田信虎は敵対する豪族とは徹底して戦い、首を取るか臣従させるか、それ以外の処置は一切認めなかったのでございます。従って国内の統一には時間を要しましたが、その代わり武田勢は全体がまったくの一枚岩で、信虎の命令が兵の端々にまで行き届き、全員が死力を尽くして最後まで戦い抜きまする」

これを現代の言葉で表現するならば、武田信虎は領内統一の過程で専制君主として家臣達に君臨する戦国大名の地位を固めたのに対し、村上家は主君と家臣達の関係が遥かに緩く、義清は豪族同盟の盟主とでも言うべき存在であり、中世的な雰囲気を色濃く残していた。

村上家と武田家の動員能力はほぼ同じながら、戦うたびに悪戦苦闘するのはその中身にこれだけの違いがあるからである。今回の高梨氏と井上氏の衝突など、武田家では絶対に起こり得ない村上家の弱点が露呈したものと言えよう。

これを是正するためには、たとえ無理な口実を設けてでも同盟者である豪族達に臣従を迫って、屈服させるしかない。そのためには、武力衝突も覚悟の上だ。

こうして村上領がすべて村上氏とその家臣団の領地となれば、この時点では村上領は北信濃四郡と東信濃の小県郡の北半分、佐久郡の北半分、越後の村上領の計五郡強に達している。

この体制を固めてから、いよいよ第二段階に入る。

「次の標的は、中信濃の小笠原長棟でござる。小笠原家の所領は安曇《あずみ》郡、筑摩《ちくま》郡の僅か二郡に過ぎませぬが、信濃守護の肩書きを持つだけに、いざとなればその下に集まる兵力は馬鹿になりますまい。まずは慎重に足元を固めてかかるべきでありましょう」

その一つの手だては、村上氏の拠点があちこちに点在する佐久郡の南半分から手を引き、それをそっくり武田信虎に与えて不可侵条約を結ぶことである。信虎は舌なめずりをして小躍りし、二、三年は新領地の経営に専念するであろう。

こうして東方の憂いをなくしておけばほぼ万全と思われるが、なおも慎重を期すならば諏訪氏と手を組んで小笠原を南北から挟撃すればよい。

「背腹に敵を迎えては、小笠原はひとたまりもなく倒れるに違いありませぬ。その暁には、諏訪氏には中信濃二郡のうち諏訪郡に隣接する塩尻以南の筑摩郡を与えればよろしゅうございましょう。

しばらく時間を掛けて安曇郡を完全に平定できれば、村上家の領土はこれまでの五郡に安曇郡と筑摩郡の北半分を加えて六郡半となります。そこで今度は第三段階に進むべきでありましょう」

次の目標は、諏訪頼重である。

頼重の領地は本領の諏訪郡に新領の筑摩郡の南半分を加えた二郡と小県郡の南半分しかなく、今や六郡半の主である村上家の敵ではなかろう。こうして筑摩郡、諏訪郡を併呑すれば、残る南信濃の伊那郡を平定するのはさして時間を要すまい。

「こうして最後の第四段階となります。それは言うまでもなく、武田信虎との決戦でござる。この時点では、村上領は全信濃十郡のうち佐久郡の南半分を除く九郡半に達しております。石高で言えば、信濃四十一万石のうち三十八万石にも手が届きましょう。

一方の武田領といえば、甲斐本国の二十三万石に南佐久の三万石を加えても二十六万石にしか過ぎませぬ。兵力で比較するならば、村上家一万二千、武田家八千の大差がござる。奇策を用いずにひた押しに押していけば、勝利が我が手に帰すことは明らかでござりましょう。こうして信濃ばかりか甲斐までが、殿の所領となるのでございます」

呆然として言葉もない義清に、さらに一徹は続けた。

「さて、これまでにどれだけの日時が必要と思し召すか。拙者の見るところでは、一段階につき二年を見ておけば充分でございましょう。しかし物事はそうそう自分の思い通りには運ばぬものゆえ、多少の余裕を見て全体で十年といったところでありましょうか」

一徹の長い説明がようやく終わって、村上義清はついに笑い出してしまった。

「成る程、甲信の覇者になることなど簡単な話だな。いや、面白い。よくぞそこまで考えたものだ」

「笑いごとではござらぬ」

一徹は憤然として村上義清を睨んだ。

「村上家が北信濃、東信濃を切り取るまでは、目の前の敵を次々と倒していくだけで済んだでありましょう。しかし信濃の領主になろうと思うならば、これまでのように成り行き任せ、行き当たりばったりではどうにもなりませぬ。確固とした長期計画を持つ必要がございます」

今日の説明の根幹をなす重要な点だけに、一徹の言葉にも熱がこもった。

「今拙者が申し述べたのはその一端でございますが、この筋書きは決して荒唐無稽なものではありませぬ。兵法の常道に従い、常に敵を分断して孤立させ、その上で相手を上回る戦力を投入しての戦いの連続であります。この策が成らぬ要因がどこにあるとお思いでありましょうか」

「一徹の思惑通りにことが運べばよい。しかしたとえば、小笠原を討とうとした時に、小笠原が諏訪と手を組んだらどうする」

「それはむしろ手間が省けてかえって好都合でござりましょう。小笠原と諏訪の勢力範囲は合わせても僅かに三郡、兵力からいっても五千がせいぜいでござる。村上家の兵力は六千としても、小笠原と諏訪を一気に叩き潰すには充分でありましょう」

「それでは小笠原が滅んだのを知った武田信虎が不可侵条約を破棄し、諏訪氏と連合して武田は東、諏訪氏は南の二面から攻撃を仕掛けてきたら何とする」

「諏訪氏など、恐れるに足りませぬ。直臣の中からいくさ慣れした武将を選んで、中信濃からかき集めた兵力三千を預けて塩尻峠に張りつけておけば、もう手も足も出ますまい。殿は北信濃、小県郡、佐久郡の軍勢五千を率いて、佐久のどこかで武田と決戦なされればよいのでござる」

一徹は、この結論こそが村上家の命運を決するという思いで畳み掛けた。

「武田も覚悟を決めて臨むいくさでありますれば、さぞや大激戦になると思われますが、このような全軍を挙げて一気に雌雄《しゆう》を決する戦いこそは、殿のもっとも得意とするものではありませぬか。拙者が先陣にあって武田勢を切り崩し、頃合を見て殿が武田の本陣に突撃を掛ければ、勝利は誓って我らのものでござりましょうぞ」

「どう転んでも、我らの勝ちは間違いないということか」

村上義清は、半信半疑の面持ちで考え込んだ。どこがどうとは言えないが、どうも話がうま過ぎて眉唾の印象が拭えないのである。

それに義清は十年後までを見通して計画を立てるという思考方法そのものに馴染みがなく、なにやら胡散臭い匂いがしてならない。

明日のことさえ分からないのに、十年後のことなど考えるだけ無駄なことではないのか。

「成る程、物事はこちらが思うようには動いてくれませぬ。しかし周囲が雪に覆われて兵を動かすことができなくなった時に、一年を振り返って状況を確認してみればよいのでござる。予定通り進んでいればよし、進んでいなければ何が原因でそうなったか、その対策として何をしなければならないかを考え、翌年の計画を練り直して実行するだけのことでございましょう」

そう述べながら、一徹は内心では愕然としていた。

義清は今まで長期の戦略など考えたこともなく、ただ武田との抗争を通じて将来に漠然とした不安を覚えていただけであろう。そこで自分がじっくりと練り上げた大構想を詳しく説明して、義清が目指すべき天上の星とそこへ至る階段をこうして指し示して見せた。

義清は眼の前の濃い霧がすぱっと晴れる思いで躍り上がって喜び、

「俺が知りたかったのはそれよ」

と目を輝かせて叫んで、さらに詳細を訊きたがるものと一徹は信じ切っていた。

しかし、義清は十年掛けて信濃、甲斐合わせて六十四万石を奪取するという一徹の計画を本気にせず、壮大な夢物語としか受け取っていない。

なおも言葉を続けながら、一徹は深い徒労感に襲われていた。

（人の上に立つ者は、自身が創造力豊かな人間である必要はない。だがならばなおのこと、家臣の独創的な提案の価値を即座に見抜く感覚の鋭さを備えていなければ、どうにもなるまい。こんな感受性の鈍い男が、あの不気味なほどの執念で叩いても叩いても屈することなく佐久郡に侵入してくる武田信虎と、甲信の覇権を懸けて戦っていけるのであろうか）

三

一徹は石堂龍紀の隠居所で、父と肩を並べて紅葉も散り尽くした中庭を眺めつつ、さわが淹れてくれた茶を喫していた。もう朝には霜が降りて冬の気配が濃いが、小春日和の昼下がりの今はうららかな陽光が座敷に満ちて、障子を開け放していられるほどに心地よかった。

「佐久の騒ぎは大事に至らずに済みましたが、私にはどうも不安でなりませぬ」

一徹は出陣前に義清に信濃制覇の秘策を説いたのだが、大喜びで受け入れてくれると思いの他、本気で取り合ってくれなかったいきさつを説明した。

「私は長い時間をかけて真剣に検討してきただけに、殿の反応にはまことに拍子抜けする思いでありました。そこで父上はどう思われます。私の策は愚案でございましょうか」

龍紀はさわにさらに一碗の茶を申しつけてから、ゆったりとした表情で一徹に向き直った。

「いや、村上家が大をなすのにはその策しかあるまい。採用が一日遅れれば遅れるだけ、村上家の将来は危ないものとなろうよ」

「私から見れば、村上家は今や絶壁の縁に立っております。それに気がつかないのは、殿と譜代の重臣達ばかりでございましょう」

「気を揉んでいるのは、一徹ただ一人だけか」

戦場の働きばかりでなく、信濃の将来に思いを馳せるまでに成長した息子を、龍紀は目を細めて眺めた。

「それも仕方あるまいよ。譜代の臣にとって石堂家が憎いのは目の前の現実、村上氏の滅亡は遠い将来の漠とした不安だ。人というものは目先の感情で動いてしまうものよ」

「いつの日か葛尾《かつらお》城にこもって、武田菱《たけだびし》の旗が満ちる坂木の町並みを見下ろした時に、譜代の方々も初めて私の存念を理解するのでありましょうな」

一徹は沈痛な面持ちでそう言ってから、ふっと調子を変えて龍紀の顔を真っ直ぐに見た。

「これはここだけの話でございますけれど、私はこの頃この石堂家が村上家であったらと思うことがよくございます。私が軍事全般を担当し、兄上が内政を司り、父上が後見役として一段高いところから全体に目を配ってくださるならば、信濃一国を切り取ることなどいとも簡単なことでございましょうに」

「これこれ、恐ろしいことを口にするものではない」

龍紀は微笑しながら、声を潜めた。

「石堂家は本家が千石、分家が八百石、合わせて千八百石の身代に過ぎぬ。兵力で言えば五十名がいいところだ。主家を乗っ取るどころの騒ぎではない」

「村上家の譜代の家臣の兵力は三千、これでは手も足も出ませぬな」

「譜代の衆というのは、単に二百年、三百年と村上家に仕えているだけではない。何代か遡《さかのぼ》ればいずれも村上氏の嫡流と血縁があり、しかも譜代同士で幾重にも通婚を重ねている。ここまでくれば栄えるも一緒、滅ぶも一緒の運命共同体なのだ。我らのような血の繋がらない新参者など、付け入る隙がないのよ」

「それでは、村上家が滅ぶのをただ座して傍観している他はないのでございますか」

「このところの一徹の活躍があまりに華々しいので誰もが幻惑されているが、思えば村上家の家運は二十年前に殿が当主となってしばらくが絶頂期で、そのあとは緩やかに下降しているのかもしれぬな」

たしかに義清が顕国から家督を相続した時点で、高梨氏の支配する中野郷を除く北信濃四郡に加えて小県郡と佐久郡の北半分も村上領に入っていた。それから十年は佐久の統治も順調に軌道に乗りつつあったが、天文五年の海ノ口城攻め以来、武田が毎年のように佐久郡に食指を動かすようになってからは、越後の一部は手に入ったものの、押しつ押されつを繰り返しながら次第に事態は村上家に不利に動きつつあった。

一徹の奮戦がなければ、村上家の衰運はさらに顕著になっていたであろう。

この時、龍紀はふと不吉な思いにとらわれた。

（家臣の才能が主君のそれと比べて釣り合いを逸すると、互いに不幸になるのではないか）

一徹も二十二、三歳までは、戦術家として目覚しく成長してきた。また村上義清も槍衆に三間半の長槍を持たせたり槍衾《やりぶすま》戦法を開発するなど、戦術家としては諸将に抜きん出た存在であった。

義清には一徹の提案する戦術の真価を一目で見抜く眼力があり、一徹を重用することで大いにその才能を発揮させるとともに、武田に押されるのに何とか歯止めを掛けてこられたのだ。

（だが、殿と一徹の関係はここへきて微妙に変化してきた）

一徹は武田の行動を見ていてその裏に長期の戦略があることに気がつき、村上家もこれから大をなしていくには、信濃の国主に至るための戦略が必要だということに思い至った。

（応仁の乱以来六十年にわたる日本の各地での戦乱の中で、小豪族同士の叩き合いの中から戦術に優れた者が勝ち残って大豪族となり、大豪族同士の勢力争いの中から戦略眼を備えた者が次第に抜きん出て、戦国大名の座を築きつつあるのではないか）

一徹はいち早くそのことに着目し、自分なりの長期戦略を創案して義清に提案した。しかし、義清にはそのような長期にわたる戦略を受け入れる感覚がない。目の前の敵を倒すことに熱中するあまり、遠い将来を見通す計画を練ることなど、まどろっこしい机上の空論としか思えないのだ。そういう気持ちでいるとすれば、事あるごとに一徹から戦略を説かれても、ただうっとうしいばかりに違いあるまい。

ましてや義清から見れば、一徹は十四歳も年下の若造なのである。

(何を偉そうに利口ぶりおって――)

いったんそうした感情を持ってしまえば、もういくら一徹が熱意を込めて自説を説明したところで、義清の心には何も響いていくまい。

(昨年の春には一徹を副将に推すまでに力を認めていた殿も、ここへ来て微妙に距離を置きつつあるのではないか)

しかも一徹は正論ならば必ず相手にも分かってもらえると信じ切っていて、義清に持論を説いて倦《う》むことがない。しかし当の義清にとっては、

(またか。一徹は自分だけが賢いと思うておるのだ)

と、話は聞きながらも心の底では機嫌を害しているのであろう。そうした義清の気持ちの揺れに気づかないのが、一徹の若さである。

悪いことに戦術の当否はその場で結果が出るが、戦略の評価は何年か経ってみなけ

れば結論が出ない。これで行こうと本気で取り組んで何年もかけて一心不乱に突き進まない限りは、目に見える成果には繋がらないのだ。

（一徹の才能は、この一、二年で殿を大きく凌《しの》いでしまった。そのことがかえって、一徹を不幸な立場に追い込んでいるのではないか）

龍紀はひそかに、溜め息をついた。


「村上家は村上家、石堂家は石堂家よ。何も抱き合い心中する必要はあるまい」

龍紀は穏やかな口調ながら、一徹が思いも掛けない内容の言葉をさらりと口にした。

「石堂家の三代目、信豊様は大変に頭のよい方であったな。一徹も存じている通り、その頃の勘定奉行に不正な使い込みがあり、主命によってそれを暴いた信豊様は代わって勘定奉行を任じられた。勘定奉行という役職は、本来譜代の臣、それも主君との血の繋がりの濃い者だけが任命されるものなのだ。勘定奉行は金を扱う職掌《しょくしょう》上、出入りの商人などからの誘惑がまことに多い。自然と誰もが大なり小なり使い込みをやる。

どうせ金をくすねられるのならば、他人が村上家の金を懐に入れるのは許せないが、村上の一族が上前をはねるのは、村上家の金が一族の間で回っているだけなのでまだ許せるというわけさ。荻野正和の場合はあまりにも派手にやり過ぎたので、問題になったたけのことだ」

当然譜代の家臣団としては、こういううま味のある役職を手放したくなかった。しかし信豊の手腕があまりにも水際立っているために排斥《はいせき》することもできず、それではと抱き込みを図った。信豊の嫡男の信光も優秀な人間で、このままでは勘定奉行の役職が石堂家に継承されると見た譜代衆は、譜代衆の中に嫡男がいない家があるのを幸い、信光をその家の婿養子に迎えて譜代衆に取り込んでしまおうとした。

その意図を察知した信豊は、

『信光は拙者のたった一人の男児でござる。これを養子に出しては石堂の家名を継ぐ者がおりませぬ』

と突っぱねた。また当時の主君の政清様からは何度か加増の話があったが、

『勘定奉行としての役料だけで充分でござりまする』

と、これも固辞したという。

「一徹、信豊様の真意が分かるか」

龍紀はそこで言葉を切って、一徹の顔を覗き込んだ。庭の柿の古木から、盛んに百舌《もず》の鋭い声が響いた。

「信豊様は、村上家に取り込まれるのではなく、あくまでも独立した存在、それも村上家に対して貸し方であろうとしたのよ。石堂村は石堂家の本貫で、村上家から賜《たまわ》っ

たものではない。たしかに勘定奉行としての役料は頂戴いたしておったが、その功績は役料に数倍するものがあったであろう。つまり信豊様を家臣にしたことは、村上家から見れば丸儲けといってよいのだ」

もとより信豊は無欲でそうしたのではない。村上家に大きな貸しを作っておき、村上家が石堂家を切り捨てるわけにはいかない立場に追い込むことを目論んだのだ。石堂家は信豊の方針を貫き、輝久までの四代にわたって役料のみで勘定奉行を務めている。

村上家の懐は、石堂家の歴代当主の財政手腕によって支えられていると言ってよいであろう。

信豊がそうであったように、龍紀も石堂家は村上家の庇護のもとに存立しているとは思っていなかった。石堂家は財政手腕を正当な値よりも安く売って村上家に儲けさせているのだから、村上家と石堂家は形の上では主従であっても、実質的には対等な関係なのだ。

村上氏が滅ぶならそれもよし、石堂家は石堂村の本貫を守り抜き、また次の領主に石堂家の手腕を買ってもらうだけのことではないか。

「輝久への家督相続の際にも、譜代の臣からは勘定奉行の職を譜代に取り返そうという動きがあった。あの時は私が多少強引に押し切って輝久を勘定奉行に就任させたが、あれもそうしておかなければ、輝久に大名家の財政を預かる手法を体得させることができないからだ。あと数年たてば、輝久も一人前になろう。大名家の財政を扱って成果を上げる手腕と実績があれば、もう怖いものはない。村上家を離れても、随分と高く売れるであろうよ」

「驚きましたな」

一徹は干し柿を頬張りながら、目を見張った。

「父上がそこまで割り切って考えておられましたとは」

「一徹も同じことよ」

龍紀は他の者が聞いたら仰天する言葉を、日常の挨拶のようにさらりと口にした。

「村上の家が滅ぶ時には、譜代の者は一緒に滅んでもらわねばならぬ。たいした働きもないのにいい思いをしてきたのだから、それが当然じゃ。だが、新参の者にはそんな義理はない。二十三万石の武田が四十一万石の信濃を手に入れたとなれば、この大国を維持していくために莫大な武力、財力を整備しなければならぬ。地理を知り領民の心を摑んでいる新参の者には、必ず武田から声が掛かるであろうぞ」

龍紀は微笑して、言葉を続けた。

「その中でも一番評価が高いのは一徹、お前であろうよ。私が武田信虎ならば、今のお前でも四千石の値をつける。だが、お前の実力はそんなものではない。村上と武田の争いに決着がつくまでには、少なくてもあと十年は掛かろう。一徹はそれまでに、じっくりと実績を積み上げておればよい。その時にはまずは八千石、いや一万石は堅かろうな」

返事の仕様もない一徹に微笑しながら、龍紀はさらに言った。

「いや実は、一徹にも婿養子の話はあったのだ。お前が十八歳の頃には、早くも武人としての将来は誰の目にも輝かしいものに見えていた。一徹は次男であるし、譜代衆の中にはお前を婿養子に貰えば屋代政重様の次の副将の座は堅いと踏んで、私に声を掛けてきた者も一人や二人ではなかった。私は一徹を譜代衆にはしたくないと思い、断る口実に苦慮していたのだが、思いも掛けないことに殿から石堂家の家督を一徹に譲れとの話があり、婿養子の話は立ち消えにすることができたのさ」

ここで龍紀は、茶を口に含んで咽喉《のど》を湿らせた。

「ところが今度は、嫁取りの話だ。お前が殿のお声掛かりで石堂家の家督を継ぐならば、娘を嫁がせて石堂家の栄達《えいたつ》にあずかりたいという譜代衆が出てきた。ところが、肝心の娘の方が難色を示しているうちに江元源乃進が朝日の件を持ち込んできたので、渡りに船と話に乗ったのさ。譜代の衆に取り込まれてはたまらない、佐久衆から嫁を貰えば石堂家は村上家とは縁戚にならないでいられると思ったのだ。

いや、朝日はいい嫁だぞ。あんなに面白い女人は見たことがない。私は、朝日はお前には過ぎた嫁だと思うておる」

「父上もそう思われますか。実は、私もそう感じております」

それまでずっと黙って話を聞いていたさわが、たまらなくなってくすくすと笑った。

そのさわ自身も、あの底抜けに明るい嫁が、可愛くて仕方がないのである。

「ただ一徹、お前は自分自身が信濃の主になろうなどと思ってはならぬぞ。一徹は子供の頃から学問が好きで、和漢の書物を浴びるように読んでいた。そして多くの史書の中から人はどう生きるべきかを学んで、それを実践しているのであろう。一徹は信義を重んじ、人を欺かず、物事を損得で判断せず、華美に走らず、正しいと信ずることは主君も恐れず所信を述べ、愚直に約束を守る。まさに学問がもっともよい形で身についたと言ってよい」

龍紀は、一徹に諄々と説いた。

「だがそのことがお前の最大の長所であると同時に、最大の欠点にもなっている。それは自分が自分の理想とする生き方を実践しているだけに、他人に対しても知らず知らずのうちに、そのものさしを当てはめようとすることだ。『かくあらねばならぬ』という基準で人を測れば、この戦国の世を生きている大半の者は失格となってしまうのだぞ。

お前は体力知力とも衆に優れ、武勇は信濃の国に並ぶ者もなく、軍略家としては我が子ながらまさに天才と言ってよい。一徹はそうした多くの才能に恵まれているからこそ、自分の理想とする生き方を貫けるのだ。だが凡百の人間は、そうは行かない。この世知辛い世を生きていくためには、悪いこともしなければならぬ、人を出し抜くこともせねばならぬ」

一徹は心が洗われる思いで父の言葉を聞いていた。このような愛情溢れる忠告をしてくれるのは、自分をよく知る父なればこそであろう。

「お前は何一つ不自由なくのびのびと育って、人の世の裏を知らぬ。一徹の周囲にいる者は、六蔵といい三郎太といい郎党達といい、武士としての性根が据わって裏表のない爽やかな男どもばかりだ。ところが私のように金を扱う仕事を長くやっていると、人の弱さ、醜さ、汚さをいやというほど思い知らされる。人の上に立つ者は、人間とは誰もがいざとなれば弱いもの、醜いものと達観した上で、長所を生かして使いこなしていかなければならぬ。だが苦労なしのお前には、清濁を併せ呑む、その辺の呼吸がとても分からぬであろう。しょせん人の上に立つ器ではない」

「たしかに」

一徹は頷いた。

人の醜さは、戦場でもよく目にしている。一徹から見れば取るに足らない功名を目の色を変えて奪い合い、時には味方同士の切り合いまでが起こることさえある。大切なのは味方の勝利であるはずなのに、大半の武士にとっては自分の手柄こそが最優先なのだ。

「私は、血眼《ちまなこ》になって小さな功名を争う武士達を見ていると、心が冷える思いがいたします。私にとっての戦場とは、能役者の能舞台なのです。いかに会心《かいしん》の舞台を務めるか、自ら納得のいく舞ができるか、私はそれだけを念じていくさに臨んでおります。殿の褒賞などは、私にとってはつけたりに過ぎませぬ。ただ家来のことを考えれば、そうとばかり言ってはおられませぬが」

一徹は、父の言葉で自分の本質を思い知らされた思いがした。

(俺は自分がいかに見事な能を演ずるかを人に知らしめるために、戦場に立っているのだ。これではとても人を使いこなすどころの話ではあるまい)

ただ、一徹は父のように村上家が滅んでもよいと割り切ることはできなかった。自分の進む道は、村上義清を信濃の王にするために粉骨砕身《ふんこつさいしん》するより他にあるまい。自らの構想を一度で理解させるのが無理なら、時間をかけて根気よく説明を繰り返していくしかない。

ただ武田信虎がいつまで時間を貸してくれるのか、それを思うと心の底に氷塊が生じる思いがした。

庭の柿の古木では、烏がたった一つ梢に残った熟柿をつついていた。

第八章　天文九年　初夏

一

天文九年（一五四〇年）の五月も末とあって、梅雨の晴れ間の日差しはすでに夏のそれに近い。吹き渡る風も、ねっとりと熱い湿気を含んでいた。山がちな信濃には珍しいほどにのびのびと広がる佐久平の北側には、浅間山がその茶褐色の雄大な山容をゆったりと横たえている。

「集まってもらったのは他でもない。この膠着《こうちゃく》した戦況を何とか打開しなければ、佐久郡の将来にもかかわる。何かいい知恵はないか」

村上家の重臣達を集めた軍議の席で、村上義清は苦々しげに議論の口火を切った。

大井城にこもる武田信虎を包囲してすでに五日になるが、武田勢は固く守りを固めるばかりで一切の挑発にも乗らず、ただ空しく日が過ぎていくばかりだった。

武田の佐久侵攻は天文五年の海ノ口城攻略以来毎年のことだが、これまでは村上家の支配に不満を持つ滋野一族や大井一族を焚《た》きつけての局地戦が主で、一戦して片が付く場合がほとんどであった。だが、今年はどうも様子が違う。

武田信虎はこの四年の各所での小競り合いを通じて、佐久の地理、地形、街道の状況、諸豪族の力関係、村々の民情、特に大敵である村上勢の戦力と戦法などの情報を洩らさず収集してきた。

それに基づいて村上勢といかに戦うかの戦略を綿密に練り上げ、いよいよ六千の兵力を率いて満を持しての出撃に踏み切ったのだ。


事の起こりは、まだ雪が消えない一月に武田家の重臣である板垣信方《いたがきのぶかた》が自ら指揮して、村上家の家臣、薬師寺右近《やくしじうこん》が守る海尻《うみじり》城を攻略したことである。海尻城は佐久郡でもっとも南に位置する甲斐との国境に近い小城で、両側から山地が迫る佐久甲州街道を西から見下ろす屈強の場所にあって、武田の侵略を防ぐ要害の地であった。

天文五年に武田信虎は海ノ口城を落として信濃進出の足掛かりとしていたが、海尻城を避けて手前から右手の間道を通って海ノ口城に入り、大芝峠を越えて小海で佐久甲州街道に到る迂回路は、大軍を動かすにはあまりに険し過ぎて難があった。

板垣信方ほどの武将が自ら手を下して海尻城を確保し、佐久甲州街道を自由に通行できる体制を作るからには、背後に何か重大な戦略があるのではあるまいか。

果たしてその後も膨大な兵糧や武具その他の物資が続々と甲斐から送られてきていたが、田植えが済んで百姓の動員が可能になった五月の初めから、大量の兵力が海尻城を前進基地として佐久郡を北上し始めた。最終的にはその軍勢は六千に達し、本拠の躑躅ヶ崎《つつじがさき》城（現・山梨県甲府市古府中町に所在）に最小限の留守居番を残してある他は、武田家の総力を挙げた決戦態勢であった。

その兵力は、四千が佐久甲州街道を北上するにつれて左右に分かれて南佐久の諸城の平定に向かい、武田信虎以下二千の本隊はさらに北上して佐久郡の最北に近い岩村《いわむら》田《た》の大井城に入った。

大井城はもともと名族大井氏の居城であったが、文明十六年（一四八四年）に村上氏との戦いに敗れて城は燃え落ち、大井氏嫡《ちゃくりゅう》流はここに滅んだ。

その後は大井氏の庶流《しょりゅう》である依田《よだ》（小県郡依田の庄、現・小県郡長和町長久保）系の大井氏が城を再建してここに住み、岩田《いわた》、耳取《みみとり》、芦田《あしだ》、相木《あいき》など嫡流大井氏の一門とともに村上家の与力豪族となって、すでに五十年以上が経過している。依田系の大井氏は甲斐武田氏とも遠縁であり、そのことから村上家に反旗を翻して武田信虎と手を組んだのであろう。

武田の大軍の襲来は佐久郡のあちこちから坂木に急報となって伝えられ、事態が容易ならぬものと知った村上義清は、すぐに動員能力の上限に近い六千の兵力を率いて大井城を包囲し、武田と決戦する腹を固めていた。

（このところ武田に押され気味ではあるが、それはあの狸親父・武田信虎の政略のうまさによるもので、いくさとなれば俺は武田には絶対に負けぬわ）

いくさに関しては、義清は揺るぎない自信を持っていた。それだけに武田信虎が全軍を率いて佐久に侵入してきたと聞いただけで、身震いが出るほどにうれしかった。この数年、奥歯に物が挟まったようなすっきりしない争いが続いていたが、武田信虎がついに全面決戦の覚悟を固めて出陣したならば、今度こそ乾坤一擲《けんこんいってき》の大勝負となり、佐久郡を巡る争奪戦もきっぱりと決着がつくであろう。

ところが大井城に着いてみると、どうも思惑通りに物事が進んでいかない。

大井城にこもっているのは、武田の本隊と城主の大井貞清《さだきよ》とその一族を合わせて二千五百から三千と思われるが、武田信虎は入城後は西側の空堀に逆茂木《さかもぎ》や乱杭をさらに増やし、東側の絶壁のすぐ近くを流れる湯川《ゆかわ》にも柵や乱杭を張り巡らして、大井城の防御をいやがうえにも高めている。そして空堀に架かる跳ね橋は一杯に巻き上げ、外部との通行を固く閉ざしていた。

大井城は北から石並城、王城、黒岩城の三城からなる大城郭で、その規模は東西六十間（約百メートル）、南北四百間（約七百メートル）にも及び、かつて村上氏に打ち破られた頃とは比較にならないほどに防御が向上している。これを力攻めしても損害ばかり大きく、しかも落とすのは至難の業であろう。

そこで村上義清は武田信虎を城外におびき出すべく様々な手段で挑発を試みたが、五日たっても城内からは何の反応もなかった。要するに、武田信虎には村上義清とここで戦う意思がないのだと思わざるを得ない。

それでは何で、この城にこもっているのか。それはすぐに村上義清にも了解できた。南佐久から次々に情報が入り、それによれば武田勢は着々と南佐久の城を落とし、村々を支配下に置きつつあった。

武田信虎としては、村上義清をここに釘付けにしておきさえすれば、十日を経ずして南佐久はすべてが武田領になると読んでいるのに違いない。

「事態は急を要する。何か思うところがあれば、意見を述べよ」

室賀光氏、屋代政国、清野清秀、山田国政、竹鼻虎正、石堂一徹といった重臣達は互いに顔を見合わせていたが、すぐに室賀光氏が口を開いた。

「南佐久を放っておくわけには参りませぬ。至急救援に向かうべきでありましょう」

義清は不機嫌な気持ちをあらわにして、言葉を吐いた。

「しかし、我らが南に向かえば武田信虎は城門を開いて後を追うであろう」

今は北国街道、佐久甲州街道ともに村上家の支配下にあるので、兵糧その他の物資の供給には何の問題もない。しかし村上勢がこの地を去って南佐久に向かえば、武田信虎はまず佐久甲州街道を固めて村上勢の補給路を断つに違いない。それからおもむろに村上勢を追って南下していくであろう。

「さすれば、我らは糧道《りょうどう》を断たれた上に、南北から挟み撃ちにされる。とても勝ち目はあるまいよ。それを避けるにはこの城には抑えの兵を残し、主力は俺が率いて南佐久に向かうしかあるまい。

　南佐久にいる四千の武田勢を攻略するのには、少なくとも同数の軍勢が必要だ。だとすれば、この城にはせいぜい二千しか残していけぬ。しかし城攻めは寄せ手に三倍の兵力がいるというのが常識だ。城に二千五百から三千の兵力がこもっているのに対して寄せ手が二千では、初めから勝負になるまい」

　諸将は、初めて武田信虎の深謀遠慮《しんぼうえんりよ》を思い知らされた。あの狸親父が全軍を率いて出撃してくるからには、これだけの巧緻な策を張り巡らして村上勢を網の中に追い込んでいるのだ。

　村上勢がここに居すくんで傍観していれば、四千の武田勢が十日を経ずして南佐久を平定してしまう。たまらずに村上義清が南佐久へ向かえば、その時初めて武田信虎は大井城を出て村上勢を南北から挟み撃ちにする。どう転んでも村上勢には勝ち目がなく、大井城以南の全域が武田領に取り込まれてしまうのは間違いあるまい。そうなってしまえば、佐久郡全体が武田の手に落ちるのも遠くはない。

譜代の重臣達は、顔を見合わせるばかりで声もなかった。

この時石堂一徹がただ一人平然として顔を上げ、義清を真っ直ぐに見た。

「武田の計略の裏をかく策がござる。殿は四千の兵を率いて、ただちに南佐久へ向かってくだされ。拙者は二千の兵をもって大井城に閂《かんぬき》を掛けてみせましょう」

閂を掛けるとは、大井城を固く包囲して身動きできなくしてしまうということである。一徹は自分の秘策をその場の全員にゆっくりと説明した。重臣達の間から、どっと嘆声が洩れた。

「成る程、策を用いて逆に武田信虎を座敷牢《ざしきろう》に入れるように大井城から出られなくしてしまうというのか。ならば信虎は佐久甲州街道を確保することもできず、我らを追うこともできまいな」

「南佐久に散らばっている武田勢は四千、殿の軍勢も四千、これならば諸城を個別に撃破していけば平定はさほど難しくありますまい」

「至極の名案だ」

村上義清は手を打って感嘆した。

（大井城を落とそうとするから六千の兵力でも不足なので、信虎を城から出られなくする策があるならば、二千の手勢でもいくさ上手の一徹なら充分であろう。南佐久を攻撃中の武田勢には甘利虎泰《あまりとらやす》、飯富虎昌《おぶとらまさ》、室住虎光《もろずみとらみつ》、教来石景政《きょうらいしかげまさ》〈後の馬場信春《ばばのぶはる》〉な

ど猛将が揃っているが、自分が四千の兵を率いて陣頭指揮すれば誰も進撃を阻むことはできまい）

義清が前進すればするほど、武田信虎は敵領深く取り残されることになる。今の今まで義清は身動きがとれずに苦慮していたが、これからは信虎が大井城に閉じ込められてなすすべもなく身悶えする番だ。

鉄壁に見えた信虎の策は、一徹の妙計によって逆に自らの首を絞める太い縄になってしまい、戦わずして立ち枯れになった信虎の首級を挙げることすら夢ではあるまい。

義清は身震いしながら立ち上がった。

「明日早朝、光氏、清秀の与力三千と、俺の旗本の一千は南佐久に向けて出立する。すぐに陣に戻って準備にかかれ」

その一方で、義清は背筋が寒くなるような思いを噛み締めていた。

（このような絶体絶命の危機にあたって、即座に起死回生の奇策を考え出す一徹の軍略は底が知れぬ。城を攻めるのではなく、武田信虎を城から出られなくさえすればいいという発想は、余人には到底思いつくまい。あの若造の戦術眼は、もうこの俺すら凌いでいるのではあるまいか）

翌日は今にも泣き出しそうな曇天であったが、一徹の秘策を受けて勝利を確信した村上義清は、四千の兵を率いて辰の刻（午前八時）に南佐久へと向かった。それを見送った一徹は、大井城の周囲の警備を見回ったあと、すぐに与力の侍大将達を集めて指示を出した。

その日の午後、大井城の西側の空堀の前に、車輪のついた異様な構造物が引き出された。

それは付近の神社仏閣から調達してきた板戸を木材で繋いで釘を打ったコの字型の巨大な楯であった。幅は四間、奥行き三間、高さ二間はあり、天井も板戸で塞いである。

大井城の城郭は、湯川の西岸にある南北に長い台地の上に北から石並城、王城、黒岩城が並んでいる。従って大井城の東側は湯川が天然の要害となっているが、西側は平地なので幅四間、深さ二間、南北に四百間以上の長い一筋の空堀を掘り、これを防御の要としていた。

三つの城には西側に向かってそれぞれ門があり、普段は空堀を渡る跳ね橋を降ろして行き来しているが、交戦状態の今はもちろん跳ね橋を滑車を使って巻き上げ、通行を遮断している。

村上義清は、大井城を攻めるにあたってその空堀に沿ってびっしりと大型の楯を並べ、その楯の陰に五百人の弓衆を配置して敵の突出を防ぐ備えをしていた。一徹は朝からさらに二百の弓衆を追加して警備を固めてから、それぞれの門の正面にあたる空堀の縁に、板戸で作った巨大な楯を運ばせた。跳ね橋を降ろした時に着地する地面には、補強のために幅二間、奥行き一間の範囲に石材ががっちりと組まれている。その石組みが中心に来るように楯の位置を調整した。

僅か四間の空堀を隔てただけの目と鼻の先で奇怪な構造物がうごめいているのだ。何事が始まるのかと、城門の上にも城壁の矢狭間にも武田勢の姿がびっしりと並んで見物していた。

三つの楯の設置が完了したことを確認した一徹は、太鼓の合図で作業を開始させた。前と左右と天井を覆った楯の中にはそれぞれ十人の雑兵が入っていて、まず石組みを突き崩してから、手にした鍬で一斉に地面を掘り始めた。雑兵達はもともとがこのいくさのために徴発された百姓なので、鍬を振るうのはお手の物である。

城からの矢が届かないぎりぎりの距離に立って見守っている一徹勢の中から、どっと歓声が湧いた。こんな面白い城攻めなど、誰も見たことがなかった。

一徹の指示は、

（跳ね橋の着地面の石組みを取り除いて、その窪みを中心に幅三間、奥行き一間半の穴を空堀の底まで掘れ）

というものであった。こうしておけば、跳ね橋を降ろしても本来の水平に接地する地面がないので、空堀の底まで落ちていってしまう。

城内の武田勢は城門を開いて跳ね橋を降ろし、全軍で一気に突出するといった手段はもはや採れない。やるとなれば、いったん城壁を乗り越えて自軍の空堀に降り、逆茂木や乱杭を乗り越えつつ二間の急傾斜を駆け上がらなければ、城外に脱出することができない。

むろん空堀のこちら側には、木の楯に身を隠した一徹勢が弓を引き絞って待ち構えているのだから、自軍の空堀の中で悪戦苦闘している城兵との勝負の結果はやる前から目に見えている。城攻めにあたっては、犠牲の大きい攻撃側に三倍の兵力が必要という鉄則がここでは逆に働き、城方に三倍の兵力がなければ空堀を突破することは不可能なのだ。

一徹からこの奇策を聞いた時、鈴村六蔵は一瞬あっけに取られ、次いで腹を抱えて笑い出した。

「城方はこの空堀が障害となって身動きができず、我らにとっては格好の防御となる。空堀を挟んで、まるで城内と城外が逆転したようないくさでござるな」

巨大な楯の後ろに土の山ができていくのを見て、城内の武田勢もやっと起きている事態に気がついた。あわててあちこちの矢狭間から矢が飛んできたが、楯の板戸に突き刺さるばかりで楯の中で作業をしている雑兵達には届くわけもない。

この穴掘り作業が完了してしまえば、もう武田勢は城内にこもっているしかあるまい。一徹が、

「大井城に門をかけてみせる」

と豪語したのは、その時すでにこの腹案ができていたからであった。

この大男には、犠牲の大きい城攻めなど初めからやる気がない。武田信虎をこの城に追い込んだまま脱出すらかなわない状態にしておけば、村上義清が得意の力攻めで南佐久を一ヶ月足らずのうちに平定して凱旋してくるであろう。

（残るは敵中に孤立した武田信虎の処置だが、これは家臣の助命を条件に信虎に腹を切らせるあたりが落としどころであろうか。長年にわたる佐久郡の争奪戦がそうした形で片付くならば、村上家にとっては最上の結末であるに違いあるまい）

作業は日暮れまでに完了した。作業途中の安全確保のために、空堀側は土を一尺残して掘り進めていき、最後にその土を突き崩したので、城側からはこの時初めて一徹の意図をその日で確かめてどよめきが起きた。

二

一徹はその翌日には城の東側の湯川の東岸にも二重の柵を張り巡らし、大井城の東

側の絶壁から縄梯子によって脱出した武田勢が、湯川を渡って逃亡を図るのを防ぐ工事を実施した。

あとは敵の動きを監視するための見張り台をあちこちに築き、夜には夜通し赤々と篝火《かがりび》を焚いてねずみ一匹逃さない体制で警備に当たればよい。

四日の間に、城内から逃れ出ようとした者が二人、城内に忍び込もうとした者が三名、警戒に当たる不寝番に捕まった。

これらは皆、大井城の信虎と南佐久の武田勢との連絡を取るための密使であった。城内からの使者が所持していた書状は、現在の窮状を訴えて一日も早く大井城に救援に来てくれという内容であったが、南佐久からの書状には見逃せない情報が含まれていた。

村上義清が来襲してその日のうちにたちまち二城を抜き、大いに意気上がるのを見て、信虎の嫡男である晴信《はるのぶ》（後の武田《たけだ》信玄《しんげん》）は南佐久全体に散開している武田勢を急遽下畑《しもはた》城（現・南佐久郡佐久穂町に所在）に集結させた。そして自身は下畑城にこもり、室住虎光、教来石景政、甘利虎泰などには付近の丘陵に陣を張らせ、村上義清を迎え討つ体制を取っているというのである。

一徹は、緊張した時の癖でぎゅっと眉を寄せた。南佐久の平定が簡単に片付くと判断していたのは、たしかに武田勢には世間に知られた勇将が数多くいるが、信虎を大井城に押し込めている以上は、それらを束ねる大将がいないからであった。

軍勢は指揮命令系統がはっきりしているのが鉄則で、どんなに優秀な家臣が揃っていても、大将がいなければしょせんは烏合の衆である。そして武田のどの武将も、義清の個別撃破にあっては到底敵ではあるまい。

しかし武田晴信は義清と個々に戦う愚を避けて、義清の出撃を耳にするなり全軍を下畑城に集結させた。

(晴信はまだ二十歳になったかどうかという若輩だが、その判断を自分でしたとすれば只者ではない)

一徹が思うに、いくさの駆け引きや陣立てなどは経験を積むことで身についていくが、大局的な判断ができるかどうかは、天賦《てんぷ》の才能によるところが大きい。

一徹はそれまで武田晴信という若者を意識したことはなかったが、

(これはひょっとすると認識を改めなければならぬかもしれぬ)

と思った。

一徹は直ちに三郎太を呼び、

「至急佐久甲州街道を南下して下畑城に向かうように」

と命じた。そして三郎太の支度が整うまでに、大井城の現状を報告する書状を書き上げ、それを持たせて出立させた。三郎太は三名の郎党を引き連れて、馬を走らせて南に去った。

　また、大井城から脱出しようとして捕まっていた武田の使者は、そのまま書状を持たせて解放した。武田信虎の窮状をそのまま晴信に伝えておいた方が、後々有利に展開してくるとの一徹の読みであった。


　三郎太は四日の後に帰ってきて、一徹に報告した。それによると、村上義清は武田晴信の巧妙ないくさだての前に、苦戦を続けているというではないか。

　下畑城は武田が今回の佐久侵攻に際して急遽築いた山城で、三つの郭を持つ下畑城とその北にあるこれも三つの郭から成る下畑下《しも》城で構成されている。急造とはいえ、その規模は合わせて千名を収容できるほどに大きい。

　下畑城は佐久甲州街道の西二百間（約三百六十メートル）足らずの小さな丘陵の尾根にあり、攻め口は東からしかない。しかし村上勢が城を攻めようとして佳境に入ったところで、近くの丘陵に陣を張る室住虎光、教来石景政などが駆け下りてきて背後を突く。

　されぱと丘陵に向かい、戦機を摑んだ義清が得意の突撃を掛けようと身構えた瞬間に、下畑城から応援が出てくる。

　その連携が絶妙で、さすがの義清も力を振るう間合いが取れない。負けるわけではないが、勝ったような気もしないという歯がゆいいくさが続いていた。

（真正面からの全面対決を避けて殿を翻弄するあたりは、晴信の戦いぶりは父親の信虎のそれによく似ている）

晴信の初陣は十六歳の時の海ノ口城攻めだというから、それから四年間信虎の身近にあって村上家との戦いをつぶさに見てきているだけに、義清相手の戦い方が身についているのであろう。

（あの殿を相手に互角に近い戦いを続けているとなれば、その力量は尋常のものではない）

できることなら一徹が下畑に赴き、自分の目で晴信の采配を確かめたかったが、大井城に信虎を追い込んで身動きが取れない状態にしておくのも、自分の他にはできる者がいない。

一徹は一抹の不安を覚えながらも、じっと推移を見守る他はなかった。そしてこの膠着状態が一ヶ月を過ぎる頃、義清から一通の書状がもたらされた。武田晴信から、

「信虎の解放を条件に、武田は佐久郡から全面撤退する」

と申し入れてきたのだ。文面は『この武田側からの和平案について一徹の意見を聞きたい』ということであったが、義清としてはこの線で話を纏めたいという思いが行間に滲んでいた。

現在の睨み合いの状態を打開する方策は、村上方、武田方ともにないのである。状況は、武田信虎を座敷牢に入れるような形で確保しているだけ村上方に有利に見えるが、かといって信虎の身柄を拘束しているわけではない。信虎の首級を挙げるためには、大井城を攻め落とすか、南佐久の武田勢を追い払って信虎を敵地深く孤立させるかしかない。

しかし大井城は防御力の高い堅城で、力攻めでは村上家の全兵力を投入してもとても足りまい。

しかも南佐久では村上方、武田方が一進一退の攻防を繰り返すばかりで一向に埒《らち》が明かない。

武田方としても、大将の信虎が大井城に監禁されている以上は、兵を退いて見殺しにするわけにはいかない。かといって信虎を救出するためには目の前の村上義清を討ち破らなければならないが、信虎の采配抜きで信濃随一の強豪村上義清に勝つことは至難の業だ。

実戦で指揮を執った経験の浅い武田晴信が、村上義清の猛攻に耐えて戦線を維持しているだけでも大善戦、大健闘というべきで、攻勢に転じる余力はとてもあるまい。

要するに双方ともに手詰まりなのだ。まして甲斐の当主の信虎が佐久深く侵入したまま動けなくなっているという情報が伝われば、駿河の今川氏、相模の北条氏などがどう動くか、まったく予断を許さない。こうなっては、国主の信虎を押さえられている武田の方から動かざるを得ない。

それが今回の申し入れとなったのであろう。

武田が佐久郡から全面撤退するというのは、今回の軍事行動が何一つ成果を上げずに終わるということだ。それどころか、この四年にわたって築き上げてきた実績までもすべて放棄しての退き上げなのだから、武田家にとってはまことに辛い決断となるが、主君の首を守るためにはそれも止むを得ないという判断なのであろう。

村上義清としてみれば、まだ自分の手中に入ってもいない信虎の身柄を引き渡すだけで、ほとんど戦死者を出すことなく佐久郡がすべて自分の所領になるのだから、決して悪い話ではない。

一徹も、義清のその判断に異論を唱えるつもりはなかった。

三

七月も半ばを過ぎて、信濃の夏はまだまだ暑さが厳しいものの、朝空にたなびく綿のような雲には秋の気配が濃い。一徹は王城の城門に正対して、空堀の外二十間のところに床几を据え、汗を拭きながらじっと城内の様子に目を配っていた。

四日前に村上義清、武田晴信の間で和議が纏まり、今日は武田信虎の引き渡しの日であった。

引き渡しといっても、信虎一人の身柄ではない。武田本隊の二千に加えて、もともとの城主である大井氏とその一族の五百人もついていくというので、城中にこもっていた二千五百名の全員を下畑城まで五里の道を警備していく。大井氏にとっては、自分だけがこの城に残っては、村上勢に皆殺しにされてしまうと畏怖《いふ》したのであろう。

しかしあくまでも対等の立場の和議だから、武田氏、大井氏は捕虜ではない。従って武装を解くことを要求することはできない。

ほんの数日前まで一ヶ月半以上も敵対していた両軍合わせて四千五百の兵が、武装したまま延々と佐久甲州街道を下っていくとなれば、途中で何があってもおかしくあるまい。

一徹は太鼓を打たせて作業を開始させた。すぐに雑兵達が太さ一尺余、長さ四間の杉丸太を五本運んできて、先日空堀の縁に掘った穴に渡し掛けた。

一徹はその作業が完了するのを確認して、申し合わせの通り城内に赤い旗を振らせた。

城内からも赤い旗が振られてすぐに城門が開き、跳ね橋が軋みながら下りてきて杉丸太の上に着地した。十人ほどの若者が先に立って周囲に注意しながら跳ね橋を渡り、続いていかにも大将然とした大柄な武将が徒歩で続いてきた。

後ろに派手な馬鎧《うまよろい》を身につけた駿馬が郎党に曳《ひ》かれて続くのを見れば、これこそ武田信虎その人であろう。

一徹は床几を立って信虎に歩み寄った。背後には鈴村六蔵、市ノ瀬三郎太と郎党四人が続いた。そのさらに後ろには、武田に不穏の動きが見えた場合に備えて、弓衆が膝をついて身構えている。

「初めてお目に掛かります。石堂一徹でござる。申し合わせの通り、下畑城まで同道させていただきます」

「武田信虎じゃ。また、ここにおるのは板垣信方である」

でっぷりと肥えた信虎は横に控えた五十年配の武士を紹介してから、一徹をじっと眺めて頬を緩めた。その穏やかな表情には、この和議が成立して無事に甲斐へ戻れる安堵感が満ちていた。

「いや、石堂殿は近くで見ると聞きしに勝る偉丈夫であるな」

三人が挨拶を交わしている間に三人の郎党が床几を三つ運んできて、武田信虎、板垣信方、石堂一徹に勧めた。

板垣信方に床几を用意したのに六蔵と三郎太が立ったままなのは、信方は信虎の直臣で義清の直臣である一徹と同格であるのに対し、六蔵と三郎太は一徹の家臣、つまり義清の陪臣なので格が違うからである。

「下畑城まで同道とは、互いに気苦労なことであるな。それで拙者に提案がある。いっそのこと、拙者と石堂殿が並んで先頭に立ち、その後ろに村上方、武田方がそれぞれ一列になって進むというのはどうじゃ」

（どういう形で下畑城まで行くのか）

その問題が昨日から一徹の頭を悩ましていた。下畑で武田信虎も石堂一徹も自軍の主力と合流し、そこで武田勢は本国の甲斐へ退き上げ、村上勢は南佐久の平定に取り掛かるというのが和議の内容である。だが、いざとなればこんな和議など平気で反故にしてしまうのが戦国の世なのだ。

下畑まで武田が先行すれば、信虎、晴信の親子が気心を通じてまず村上義清を討ち、次いで遅れてくる一徹を迎え討つという段取りになるかもしれない。逆に石堂勢が先行すれば、急使を立てて義清に意を通じて武田勢を一網打尽にすると疑われる恐れもある。

（武田信虎も同じことを考え、いかにも老獪《ろうかい》な武将らしい知恵を出したのであろう）

一徹は頷いた。石堂勢と武田勢が肩を並べて進軍するのであれば、互いに牽制し合って身動きが取れまい。

「それでは、石並城、黒岩城の跳ね橋が使えるように、丸太を渡しましょう。我らも

ていた。

行軍の準備に掛かりますほどに、武田殿も至急態勢を整えてくだされ」
一徹はそう言って立ち上がった。暑いせいもあるが、全身がびっしょりと汗に濡れていた。

坂田官兵衛が一千の兵を率いて武田勢六千を甲斐と信濃の国境まで見送りに行ったのを見て、下畑に残った村上義清はようやく大きな安堵の息をついた。見送りといえば聞こえがいいが、むろんその実は武田勢が途中で兵を返したりしないように、見届ける役割だ。

今回の武田との争いは、一月の海尻城の戦いから始まって、七月も終わりに近い今まで実に半年以上も続いた。さらに途中いろいろとあったものの、結果としては大成功であった。

何しろ統治に手を焼いていた佐久郡全域が、そっくり村上領になったのである。

上機嫌の義清のところに、石堂一徹がその巨体を見せて言った。

「殿、内密でお話ししたいことがござる。お人払いを」

義清は知らず知らずのうちに、険しい表情になった。

正直なところ、義清は一徹の内密の話には気が進まなかった。いくさに勝ったのだからここは気持ちよく酒でも飲めばいいのに、一徹はまた小難しい話を持ち込んできたのであろう。

「いっそ、表に出るか」

義清の陣は佐久甲州街道の東にある。従って陣の裏はもう千曲川の川原だった。近習の二人を土手に残し、二人は連れ立って川原に降り立った。

さすがにここまで来ると千曲川も源流に近く、川幅も狭ければ水量も少ない。砂利の川原には一面のすすきが思い切り葉を茂らせ、人の背を越す勢いであった。

「殿、今回の武田の侵略に当たっては、南佐久の全域が草が風になびくように何の抵抗もなく武田の支配下に入りました。その理由を、殿は考えたことがございますか」

「分からぬ」

義清にとって、領地の争奪とはどちらがいくさに強いかによって決まる単純なものでしかない。

(現にこうしていくさに勝ったからこそ、佐久全域が村上家の所領になったではないか)

「拙者はどうして毎年のように佐久の各地で武田の呼びかけに応じて反乱が起きるのか、不思議に思って調べてみたのでござる。するとそこには、武田信虎の恐るべき深謀遠慮が潜んでおりました。それは、領地の統治方法に工夫があるのでございます」

村上家では、信濃やその周囲のどの豪族でもそうであるように、新しい領地が手に入ると半分は直轄領に組み入れ、残る半分は功績のあった家臣に知行地として分配する。

たとえば、更級郡に五百石の所領を持つ家臣の某《なにがし》が佐久郡で百石の加増を受けたとする。その某は更級郡の屋敷から離れることはできないから、佐久の新領には代官を遣わして統治することになる。

更級郡では領主と領民との付き合いが長く、きめ細かい行政の目が行き届いているが、佐久ではそうは行かない。領民とはまるで馴染みがないし、また代官もいつまでその地位にあるか分からないので、主君の目が届かないのを幸い領民を絞り上げて私腹を肥やすことになり勝ちだ。

また代官はその地域における独裁者なので、争い事の裁定は自分の胸一つで決まってしまう。いきおい賂《まいない》（賄賂）の多寡で、どちらが勝訴するかが左右されることになる。まして某の家臣と地侍との揉め事でもあれば、是非は問わずに一方的に地侍の訴えは退けられてしまう。

こうして地侍や百姓達の間では、力で抑え込む代官の支配に対する不満が次第に蓄積していき、それはそのまま某の主君である村上家への反発に繋がっていく。

これに対して、武田家では新領はすぐには武士達に配分せず、すべてを直轄領として老練な行政官を送り込む。行政官はまず地侍や名主、大百姓などの地域の有力者を集めて、武田家の家法を読み聞かせる。そして、争い事はすべてこの家法にのっとって裁定することを明言する。

もし武田の武士と地侍との間で訴えが起こされれば、あくまでも家法の定めるところに従って是非の判断が下される。こうした争いは大抵は武田の武士の横暴が原因なので、地侍が勝訴する場合がほとんどである。勝訴した地侍は一瞬耳を疑い、たちまち行政官に心服して忠実な家臣になる。

こうした判例がいくつか出れば、武田の武士も身を謹《つつし》んで乱暴な態度は取らなくなるから、今ではそうした争いは武田領ではほとんど影を潜めている。

行政官が最初にやる仕事は、もう一つある。それは検地だ。

むろん村々には台帳があって田畑の面積は明記されているが、実測してみると台帳の面積を上回っていることが多い。それも名主や大百姓の田畑ほど、差異の割合が大きい。

これは新田の開発による耕地増もあるが、それよりも前回の検地の時に調査官に賂を贈って目こぼしをしてもらったという事例が少なくないのだ。つまりは賂を贈る余裕のある富裕層は年貢の負担が少なく、そんな余裕のない貧農は目一杯に年貢を取り立てられる。

武田の行政官は検地に当たって一切賂を受け取らず、厳正な検地を行ってそれに基づいた公平な課税をする。その結果は大幅な増収となるが、それは村の神社の修復や身寄りのない老人の世話をする費用に回されて、目に見える形で村に返ってくる。

こうした数年間の統治で民心が武田の支配に完全に馴染んだところで、初めてその領地が家臣への配分の対象になるのだ。


「こうした善政が続けば、地侍も百姓達も『領主を持つなら武田様に限る』という気持ちになるのが当然でありましょう。たとえ村上家が武力でその村を奪還して支配下に置いても、領民達の心は武田にあって村上にはありませぬ。だからこそ武田から声が掛かれば、地侍達は奮い立って武田の旗の下に結集するのでございます」

「いったん村上領となった村々がすぐに背くのは、そういうことか」

深く嘆息した義清に、一徹はさらに言った。

「恐るべきは、信虎の読みの深さでございましょう。まさかあの男が仁愛の念の厚い優しい人柄で、本心から民百姓を可愛がっているわけではありますまい。そうすることが長い目で見れば必ず武田家の繁栄に繋がると、信ずればこその善政なのでござるよ。行政官にしたところで、本来の性格が清廉潔白なために賂を受け取らないのではなく、そんな不正をする気になれないほどの充分な役料を、信虎から受け取っているのでありましょう」

「あの狸親父ならば、やりそうなことだ」

越後の長尾晴景、中信濃の小笠原長棟、南信濃の諏訪頼重といった周囲の豪族達も、そんな精緻《せいち》な領地の統治をしているとは聞いたことがない。

（どうして自分と領地を接している武田だけが、そんな面倒な手間隙《てまひま》を掛けてまでこの俺を苦しめるのであろうか）

「調べてみると、武田がこのような統治法を採用したのは、近々二、三年のことでござる。それは村上家に武力で打ち勝つのは困難と知って、搦《から》め手からの戦略を考え出したのでありましょう。佐久郡全域が戻ってきた今こそが、肝心でござる。領民に武田を受け入れる土壌がある以上、武田はすぐにも佐久への侵攻を再開しますぞ。ここできっちりと手を打っておかなければ、また同じことの繰り返しとなりましょう」

一徹の言葉の意味するところは、村上義清にも理屈としてはよく分かっていた。だがこのところの一徹の提案は、自分のやり方に対する諫言《かんげん》とか非難の色合いが濃く感じられてならない。

（この男は、いつから俺に指図をするほど偉くなったのだ）

それに義清の頭には、武田信虎がこの五月に初めて総力を挙げて佐久へ乗り込んできたことが焼きついて離れなかった。

「領内の統治など、まどろっこしいことをしている暇はあるまい。今年の秋にも、信虎はまた全軍を率いて再来するであろう。その時こそ俺も村上の全兵力を動員して、武田勢を叩きのめしてくれるわ。いくさに引きずり込んでさえしまえば、武田など俺の敵ではない。成る程、今回は武田の小倅《こせがれ》に思わぬ苦戦はしたが、あれも何度か勝機を摑みかけながら、家臣の中に自分の判断で臨機に動ける武将がいなかったことが原因なのだ。一徹さえその場にいれば、楽に勝てるいくさだったぞ」

義清は腰を据えての長期戦が性に合わず、最短距離を走って武田を粉砕したかった。

「今回のいくさでは、戦線が大井城と下畑城の二ヶ所に分散したのが苦戦の原因であろう。一徹は村上勢と武田勢が真正面から激突する舞台をどうやって作るか、そのことに知恵を絞ってくれ」

一徹は思わず溜め息をついた。

義清は、いくさに勝つことがすべてを決するという不動の信念を抱いていて、一徹の提言を頭では理解しても、心までは届いていないのだ。

「いくさは、角力《すもう》と同じでござる。どちらにも自分の得意の型があり、いかにして自分の得意の型に持ち込むか、相手を得意の型にさせないかが勝敗の鍵でありましょう。殿のお得意は全力を挙げての真っ向勝負で、この型になれば天下無敵に違いありませぬ。しかしそのことは信虎も百も承知で、殿との真っ向勝負などやる気は毛頭ありますまい。

今回の出兵を見ても明らかなように、信虎は殿のやる気をはぐらかすように肩すかしを食わせつつ、背後に回ったり横に食いついたり、技巧のすべてを尽くして翻弄してくるに違いありませぬ。短期決戦など、お考えにならぬことが一番でござる」

一徹はそう言いながら、落胆した気持ちを抑えきれずに空を仰いだ。右手の雑木林からは、キョッキョッキョキョキョキョキョというホトトギスのけたたましい鳴き声が降るようであった。

四

「一徹、おりますか」

さわが一徹の部屋の外から声を掛けた。八月も末となって、爽やかな秋風が木の葉を揺らして通る午後であった。書見台に史記列伝を広げて伍《ご》子《し》胥《しょ》伝のくだりを読んでいた一徹は、書籍はそのままにして母の後について廊下に出た。

さわは棟続きの隠居所の自室に招き入れて中庭の見える上席に一徹を座らせ、茶を淹れてから息子に向かい合った。

「青葉が生まれて何年になります」

「青葉は天文五年の五月の生まれでございますから、もう四年三ヶ月になります」

「もうあれからそんなにたつのに、まだ嫡男が生まれる気配もないのはどういうことですか。石堂家の本家に男児がいないというのは、由々しき事態でございますよ」

「私は二十六、朝日は二十四、まだまだややが授かる機会はいくらでもありましょう」

「何を呑気なことを」

さわは憤然として、大きな声を出した。

「石堂本家は、村上家の次席家老を承《うけたまわ》る名誉の家柄でございますよ。そこに跡継ぎがいなくては、家中が落ち着きませぬ」

「では、どうしろと申されるのです」

「朝日にややが授からぬならば、側室を持てばよろしいではありませんか」

「何を申される」

一徹は噴き出したが、さわは本気であった。

「武家にとって、家系を守るのが一番の大事でございますよ。武家の当主に側室がいるのは、当たり前のことではありませんか。現に輝久だって正妻の山路の他に側室のお久《ひさ》がおればこそ、三男二女に恵まれているのです。一徹も先々どのような立場に置かれるか分かりませぬよ。子供が多くて困ることはございませぬ」

一徹は、居住まいを正して母の顔を真っ直ぐに見据えた。

「私は、朝日が気に入っております。あれはいつまでも新鮮味を失わない面白い女で、私には過ぎた嫁だと思っております。側室を持つ気など毛頭ございませぬ」

「朝日がいつも元気で才気溢れ、一徹の世話はもちろん、郎党達や女中達の面倒見もよいことは、私も常々感心いたしております。石堂本家の奥方として、まさに非の打ち所はございませぬ。側室が何人いようと、朝日は一徹の正室として堂々としていればよいのです。ただ、跡継ぎがいなくては石堂本家は立ち行きますまい。側室にはただ男児を産んでもらう、それだけの役割でございますよ」

「ただ男児を産むだけの役目の娘を相手にするなど、考えただけでも空《むな》しゅうございます。私は朝日と馬鹿話をしている方が、余程気が休まって元気が出て参ります」

「殿方は、見目のよい娘を見れば心が動くものです。一徹には、そういうことはないのですか」

「私は普通の体格の娘を見ると、触っただけで壊れてしまう気がして落ち着きませぬ。その点朝日はどう扱っても壊れる気配はさらになく、まことに気が楽でございます。母上がどうしても側室を持てと申されるならば、朝日より体が大きく、また朝日より美形の娘を探してくだされ」

　さわはあきれ返って、笑い出してしまった。

「朝日より大きな娘など、どこにおりましょう。それに朝日のあのおおらかな目鼻立ちは、人柄を知れば知るほど味わいが増して参ります。あれを美形と申すならば、あれほどの美形は世に二人とおりますまいよ」

一徹は、さわの言葉で安心した。この男が思うに、朝日の目鼻立ちは必ずしも世間の美人の基準に合致してはいないのかもしれないが、少しも取り澄ましたところがなく包み込むような優しさに溢れている。それも見慣れるにつれてこれは大変な美形ではないかと思えてきて、他の娘のちまちました美貌など吹けば飛ぶような印象になってしまう。

「仕方がありませんね。それでは、もう一年だけ様子を見ましょう。それでもややが授からないようなら、その時は本気で考えていただきますよ」

さわはようやく気持ちが落ち着いたのか、残りの茶をゆっくりと飲んだ。

一徹が自室に戻ると、気配を知った朝日が赤子を抱いた花を連れて入ってきた。花は三ヶ月前に男児を無事出産していた。

「お花が、ややを見せに来てくれましたよ」

「おう、虎王丸《とらおうまる》か。大きくなったな」

一徹は、花の手から虎王丸を受け取って抱き上げた。いかにも三郎太の子らしく、目がきりりとして利かぬ気が強そうな赤ん坊であった。一徹の腕の中でも少しも怯えた様子がなく、首を上げて一徹の顔をまじまじと見ている。

花が出産して十日ほど経ってから、一徹と朝日は連れ立って三郎太宅にお祝いに行きややの顔を見ているが、その時に比べて二回りも大きく逞しくなった感が強い。

「若殿様からよい名をつけていただきまして」

花は一徹達の養女ではあったが、花自身は二人を若殿様、朝日様と呼んで決して馴れ馴れしい態度は取らなかった。花は十六歳になってまた少し背が伸び、腰や胸に肉がついて今では上級武士の妻として恥ずかしくない押し出しであった。

「三郎太は可愛がっておるであろう」

「家に戻ると、虎、虎とそれは大変でございます」

そう言ってから、花は一徹と朝日のどちらともなく軽く頭を下げた。

「それにしても、お二人より先に男児を授かってしまいまして、三郎太ともども恐縮いたしております」

「いや、自慢しているのでありましょう」

朝日はゆったりと微笑した。

「婚礼が去年の三月、出産がこの五月、まさか次のややがもうお花のお腹にいるのではないでしょうね」

「とんでもございませぬ」

花は頬を赤く染めて、むきになって否定した。

「私達も負けてはいられませぬよ、一徹様。花は私の娘、第二子はどちらが早いか親子で競争でございます」

「それでは子と孫が同い年か。それもおかしな話であるな」

一徹は笑い話に紛らわせたが、さわとの会話のすぐあとだけに気持ちは重かった。

花はそれから半刻ほども雑談に花を咲かせてから、夕餉の支度がありますのでと断って戻っていった。

「お花は裏口に回ってお雅に挨拶をし、そのまま台所から屋敷に上がろうとしてたしなめられたそうでございますよ。『お花様は今では若殿と奥方の御養女、ならば堂々と玄関からお上がりなされ』と」

一徹は微笑しながら頷いた。

「あれがお花のいいところだ。我らの養女であることを、決してひけらかすことがない。三郎太ともども、自分達だけの力で市ノ瀬家の家運を起こそうと頑張っておる。その思いが、三郎太の戦場での働きになって現れているのだ。三郎太はお花と一緒になってから、言動ともに一皮剝けたぞ」

「虎王丸が生まれた時に市ノ瀬宅に伺いましたが、三郎太の両親が本当に嬉々としてお花の世話をしておりました。あれを見て、お花も晴れて市ノ瀬家の一員として迎えられたのだと、私までもうれしゅうございましたよ」

そこへ、二人の奥女中が夕餉を運んできた。

「先程は、お母上から呼ばれていたそうでございますね。何のお話があったのですか」

朝日は自分で茶を淹れて一徹に勧めながら、さりげなくそう尋ねた。一徹は一瞬とまどったが、ここは正直にさわの提案を打ち明けておく方がいいであろう。

「何かと思えば、馬鹿な話さ。俺に側室を持てというのだ」

できるだけ軽く言ったつもりだったが、朝日の顔から微笑が消えた。

「婚儀から六年たっていまだに男児が授からぬ以上は、そろそろそんな話が出てくる頃と思っておりました。それで一徹様のお考えは」

「何だ。俺が側室を持つといったら、朝日は黙ってそれを受け入れるのか」

「小室の父にも、側室は一人おります。私は正室のひさの子ですが、嫡男の信吾《しんご》は側室の産んだ子です。側室がいなければ、菊原家は家系が断絶するところでございました」

「馬鹿馬鹿しいことを申すな。俺達はまだまだ若い。これからもややが授かる機会はいくらでもあろうよ」

「それで、どう申されたのですか」

「俺は断ったのだが、母があまりしつこく勧めるので、こう言っておいたわ。『私は朝日が気に入っております。並みの体格の娘など、手を触れれば壊れてしまいそうでまるで気が進みませぬ。もしどうしてもとおっしゃるなら、朝日より大きくて朝日より美形の娘を探してくだされ』とな」

「それで、お母上は何と申されておりました」

「あきれ返ってこう言ったわ。『朝日より大きな娘は鉦《かね》と太鼓で探せば見つかるかもしれませぬが、朝日よりも美形の娘などどこにもおりませぬ』」

「嘘ばっかり」

朝日は一徹の手を軽く叩いたが、その表情はいつにも増してにこやかであった。武家の当主に嫁ぐ以上、側室の話は当然覚悟の上ではあるのだが、やはり自分一人で一徹を独占していたいと思うのも女の感情として無理はあるまい。

「それにどうしても男児が授からなければ、兄のところから養子を貰えば済むことだ。兄には三人の男児がいるが、三男は体が大きく動きが敏捷だ。あれは武芸の仕込み甲斐がありそうだぞ」

「信濃丸《しなのまる》ですね。あれは賢げで子柄《こがら》がよい」

「それに、そうすれば石堂本家も分家も兄の子が継ぐことになる。殿の横槍で俺が石堂家の総領となってはいるが、石堂家はもともと兄が継ぐべきものなのだから、それでようやく本来の流れに戻るのだ」

「一徹様は、欲がない」

朝日は思わず微笑した。石堂家は二千石となっており、そのうち一千石は一徹が槍先で稼ぎ出したものなのだから、兄に返すいわれはあるまい。もっとも一徹は決して浪費家ではないが、武具や馬や郎党達の支度に掛かる費用は到底一千石の範囲には収まらず、不足した分は龍紀や輝久が黙って補塡《ほてん》してくれている。自分の功名の何割かは、父や兄のおかげだと一徹は感謝しているに違いない。

「それで、側室の件はお母上は納得されたのですか」

「いや、俺がちっとも乗り気にならないので、それではあと一年様子を見ましょうということになった」

「あと一年でございますか」

朝日はこれを機会に、ぜひとも一徹に訊いておきたいことがあった。それはこの一ヶ月ほど前から、一徹の生活態度に明らかな変化が見受けられるのが気になってならないのである。

午前、午後の郎党達との鍛錬は、今までと特に変わったことはなかった。むしろ昨年来郎党の数が増えたこともあって、稽古はさらに激しさの度を加えていた。「まだ、まだ。もう一本」の声が、屋敷の中にいても裏庭からびんびんと響いてくる。

違うのは夕餉のあとである。今までは、一徹は燭台の前に書見台を置いて一刻ばかりは読書に時を過ごし、やがて夜具の支度ができた頃合に朝日が声を掛けると、一緒に寝室に移動するのが常であった。

ところが最近では暗い表情で何やら物思いにふけっている時が多く、朝日が声を掛けても「先に休め」と言うばかりで大杯で酒をあおり、泥酔した挙句に夜具に潜り込む毎日だった。

「何か、心配事でもございますのか」

一徹は一瞬眉をひそめたが、思い直して言った。

「他言無用であるぞ」

朝日が真剣な顔で頷くのを見て、一徹は言葉を続けた。

「俺は、村上家の将来が案じられてならぬのだ」

下畑城の裏の川原で村上義清と交わした会話の内容を、一徹はかいつまんで話して聞かせた。

「あれだけ強く具申すれば、殿はしかるべく対応してくださるものと俺は思っていた。だが、今回返ってきた佐久郡の領地は結局もとの領主に戻されただけで、何の変化もないではないか。

そこで俺は殿のところに出向いて詰問したが、殿は、『いろいろ考えてはみたが、佐久の代官に適任の者がおらぬ』と申すばかりだ。成る程代官の役目は、行政手腕に優れしかも清廉潔白な者でなければ務まらぬ。村上の譜代の臣の中には、それにふさわしい者はおるまい。だが、一人だけうってつけの人材がいる。それは父上だ。父上は五十歳を超えられたがまだまだ壮健で、充分に職務に堪《た》えうる」

一徹は、深い溜め息をついた。

「恐らくは殿もそれを考えたのであろう。だがどうしても実行する気になれなかったのは、父上が佐久郡代官、兄上が勘定奉行となれば、村上家の文官の高位は石堂家が独り占めしてしまうことになる。譜代の臣が猛反発するのは目に見えている。

しかし、今は危急の時なのだぞ。家中に波風が立つのを恐れて手を打たなければ、十年の後には信濃は武田の手に落ちてしまうであろうよ」

朝日は息を呑んで一徹の言葉を聞いていた。朝日の知る限りでは、村上の家中はどこも戦勝気分に浮かれきっている。だが一徹一人はこの勝利が束の間のもので、すぐにも足元から崩れ去ってしまうと予感しているのだ。

朝日は、一徹の想像が的を射ていると直感した。

(一徹様には、不幸なほどに先見の明がある。だがその予測が目の前の現実からあまりにかけ離れているために、家中の誰にも理解されないのでしょう)

一徹の抱く危機感は、譜代の臣ばかりか新参の者達にもまったく共感を呼ばない分だけ、この戦略家の悩みは果てしなく深いのに違いあるまい。

「殿はいくさが強い。そのことが、逆にすべてに災いしているのだ」

「いくさに強いのが、どうしていけないのでございますか」

「いくさで勝ち目がなければ、どうして勝とうかと知恵を絞る。武田は甲斐の国内で金山を開発し、釜無川《かまなしがわ》、笛吹川《ふえふきがわ》の治水に努めて国力の増強に力を注いでいる。村上と武田の動員能力はほぼ互角だが、国力では年ごとに格差が拡大しているのは間違いあるまい。俺は常に殿にそれを申し上げているから、殿もそれは頭では分かっておられる。しかし殿はなまじいくさに強いばかりに、面倒な領内統治で苦労するよりも、いくさで大勝しさえすればすべてが一挙に解決すると信じておられるのだ」

「殿はそれほどにいくさが得意なのでございますか」

「強い。特に乱戦の中で勝機を見極める目は、天才といって過言ではあるまい。俺も十代の頃は、殿の采配から多くのことを学んだものだ。今でも俺が先陣となって敵軍を突き崩して振り返ると、殿はとっくに動いている。自軍が優勢になってから動くのではない、戦機を見極めた殿が前線に出たことで一気に流れがこちらに傾くのだ」

(だが、なまじいくさに強いばかりに……)

と一徹は改めて思った。義清は一徹がかつて進言した信濃と甲斐を併合する十年計画にも本気で取り組まず、今回の佐久郡代官の提案にも乗ってこない。結局すべてが行き当たりばったりで、事が起きてから力で対処する以外に方策がないのである。

（決して悪い主君ではないだけ、かえって始末が悪い）

これが酒色におぼれて内政を顧みず、いくさには負けてばかりいる暗愚の凡将なら、家中に危機感が渦巻いているという状態になろう。それならば、譜代の重臣の中から人柄が温厚な室賀光氏あたりを担ぎ出して不満分子を糾合していけば、反乱が成功して一徹が実権を握ることも夢ではあるまい。

だが義清は、そんな凡将ではない。戦場にあっては常に勇気凜々、普段は周囲に笑いが絶えない明朗闊達な性格で、少なくとも譜代の家臣の間での声望は高い。勝ち戦のあとの祝宴では、陽気な酒で談論風発、興が乗って唄を歌えばこれが外見からは想像もつかない美声で、宴席は一気に盛り上がる。

短気で粗暴なところはあるが、それを含めてやんちゃ坊主がそのまま大人になったような人柄で、誰からも慕われる主君なのである。

しかし、と一徹は思う。

（大領の国主にのし上がるためには、好人物の仮面の裏に一筋縄ではいかないしたたかさ、底の知れないしぶとさを持っていなければならないのではないのか）

だが義清はまさに額面通りの好人物で、表もなければ裏もない。

（あのお方は、しょせんは信濃の国主になる器でないのではないか）

最近の一徹の深い悩みはそこにあった。

義清に高い志があればこそ、一徹にも補佐のし甲斐がある。だが温ま湯に浸かって飛躍の心を持たない主君では、自分がどんなに心を砕いても空回りするだけであろう。

「殿をその気にさせる方策は、何かないのですか」

「それがないから、こうして頭を痛めておるのだ」

「しかし、村上の家が滅びれば、石堂家も菊原家もどうなるのですか。ここは一つ、知恵を絞っていただかなければ」

朝日はことさらに明るい表情を作って、一徹の肩に頭を乗せてもたれかかった。

「暗い中に座り込んで思案にふけっているばかりでは、気が滅入ってしまいますよ。そういうことは、明るい太陽の下で考えなければ、よい思案が浮かびますまい。さしあたっては、他にやるべきことがありましょう」

「やるべきこととは」

「母上とお約束をなされたではありませんか。一年のうちに吾子をなすと。側室を何人入れようと、やるべきことをやらなければやや、やは授かりませんよ」

一徹は苦笑した。

(ただ座り込んで酒を飲んでいるだけでは何も解決しない、時には夜具の中で二人でもつれ合って歓を尽くしてこそ、心身ともにすっきりして前向きの知恵も出てくる)

と朝日は言いたいのであろう。

そういえば、もう十日もご無沙汰したままである。

「よし、寝所に参ろう」

一徹は夫婦になって初めて、朝日を横抱きにして歩き出した。

「うれしいこと。しかし私を軽々と抱き上げられるのは、一徹様だけでございましょうね」

朝日は甘えた声を上げて、一徹の首に手を回した。

一徹はまだ荒い息を弾ませつつ、どさりと巨体を夜具に横たえた。久し振りに心地よい疲労感が全身を包んで、これならすぐにぐっすりと眠れそうであった。

しかし一徹が目を閉じたのを見た朝日は、夫の太い右腕に体を預けて甘い声で言った。

「まだ、まだ。もう一本」

あまりにも意外な言葉に、一徹は思わず半身を起こした。

「今、何と申した」

「いいえ、ほんの戯れでございますよ。一徹様がお久し振りに取り乱されましたので、ちょっとからかってみただけでございます。早くお休みくださいまし」

予想外の一徹の反応に、朝日はかえって照れたように首をすくめた。

「ならぬ。石堂一徹といえば武勇で知られた村上家の猛将であるぞ。その一徹に挑むとは僭越であろう。無礼者、そこに直れ。手討ちにいたす」

一徹はふざけた口調でそう言い、太い両腕で強く朝日を抱きしめた。朝日は長い手足を一徹の巨軀に絡ませながら、うれしそうに耳元でささやいた。

「生意気な。返り討ちにしてくれるわ」


「一徹様、お喜びくださいまし。ややが授かったようでございますよ」

朝日が一徹にそう告げたのは、暮れも押し詰まった雪が降りしきる夕刻であった。書見台の前に座って本を読んでいた濃い髯《ひげ》に覆われた一徹の顔に、ぱっと喜色が浮かんだ。

「そうか、お手柄だな。生まれるのはいつ頃だ」

「来年の八月半ばかと」

「今度こそ、男だといいが」

「しかしこればかりは生まれてみなければ、分かりませぬ」

「だが男でないと、また母上から側室の話を蒸し返されるぞ」

「その時は、また急いで次の子を作ればいいではありませんか」

朝日はあっさりとそう言い、花のような笑顔になった。

「それに今度のことでややを授かるこつが分かりましたので、次は簡単でございますよ」

「ややを授かるこつがあるのか」

朝日は、独特のゆったりとした微笑を浮かべて言った。

「まだ、まだ。もう一本」

第九章　天文十年　初夏

一

天文十年（一五四一年）五月、村上義清は四千の兵を率いて砥石城《といし》（現・上田市上野に所在）を出立しようとしていた。義清の「えい、えい」の掛け声に対して、家臣一同が「おう」と力強く答える鬨の声が型通りに三度繰り返されたあと、城門を開いて義清を先頭に軍勢は力強く長い坂を南下して行った。

高台にある城からは、眼下に塩田平が一望できる。山野は濃淡様々な新緑が朝方の雨に濡れてみずみずしく輝き、吹く風までもが新鮮な息吹に満ちてかぐわしいほどであった。そして僅か一里の先には、神川《かんがわ》に沿って展開する海野《うんの》幸義《ゆきよし》の二千の軍が待ち構えているのがはっきりと見えた。

幸義は滋野一族を統率する海野棟綱《むねつな》の息子で、村上勢の進発を食い止めるべく、ここで決死の覚悟を固めて迎え討とうとしている。神川もその向こうの千曲川も、このところの雨続きで川幅一杯に増水していて、その水量も流れの速さもいつにない激しさであった。

「怯むな。一息に討ち取ってしまえ」

義清は足元がぬかるんでともすれば停滞しがちな軍勢を励まして、先頭に立って駆けた。

相手は小勢であり、しかも何の策もなく待ち構えている以上は、平押しに押していくだけで楽に勝てるに違いない。

足が滑るために踏ん張りが利かず、それが思わぬ激戦の原因となったが、混戦の中で林常重《はやしつねしげ》が海野幸義の首級を挙げる殊勲を立て、一気に勝敗は決した。

幸先よい前哨戦の大勝利に、村上勢は意気揚々として北国街道を東に向かった。かねての約束通り、大屋のあたりで東からの武田勢、南からの諏訪勢と合流しなければならない。

時を同じくして武田氏は佐久郡から北国街道を西に向かい、諏訪氏は諏訪郡から和田峠を越えて東山道を北上しているはずであった。領地がもっとも近い村上義清としては、二人に先行して海野平に到達しておく必要があった。

この戦いは村上勢の強さを武田氏、諏訪氏に見せつけ、その後の展開を有利に運ぶ重大な役割を担っている。

いくさに先立って、義清は中信濃の小笠原長棟の娘を正室に迎えていた。もう四十歳を過ぎている義清には当然正室がいたが、昨年その正室が病没したのを奇貨として、小笠原家との繋がりを強化しておくための政略結婚であった。強力な武田と戦うためには、一人でも多くの同盟者を確保しておかなければならない。

村上勢は昨秋からまた佐久郡のあちこちで武田信虎との衝突を繰り返していたが、その結果は思わしくなく、今では佐久郡の七割方は武田の勢力下に落ちていた。それもいくさに負けているのなら止むを得ないが、大半はいつの間にか地生えの国侍達が百姓らを説得して武田に服属してしまうのだから、義清にとっては不可解でもあり、不愉快でもあった。

それは石堂一徹が力説する武田の巧みな民心収攬《しゅうらん》術によるものかもしれなかったが、武力の信奉者である義清にとってはもっとも認めたくない事態だ。

しかも今回の出兵は、その憎んでも憎みきれない武田信虎の提案によるものなのだから、不快感はなおさらのものがあった。

武田氏の使者は、こう言って義清を口説いた。

「佐久郡の帰趨《きすう》は村上殿と我が主君、武田信虎との間で定まりつつありますが、こうなってくると目障りなのは滋野一族でございます。滋野氏嫡流の海野棟綱は小県郡の海野城（現・東御《とうみ》市本海野《もとうんの》に所在）に逼塞《ひっそく》しているとはいえ、その一族は北信濃にも佐久郡にも小県郡にも多数残っており、事あるごとに反旗を翻してまことに目障りの限りでございましょう。

ここは一つ、領内に滋野一族の支族を多数抱えている村上氏、諏訪氏、武田氏が力を合わせて滋野一族を一掃し、その上で領地の境界を明確にいたそうではござりませぬか」

武田信虎の提案は、不快な感情を抜きにすれば義清にとっても魅力的なものであった。自分の領地の中の海野に滋野氏嫡流の海野氏が居座って、各地に残存する滋野族に様々な策動を仕掛けているというのは、とりわけ村上家にとって心安まらない状況だった。

滋野氏の発祥は諸説あって判然としないが、遅くとも鎌倉時代には信濃全域から上野の吾妻《あがつま》郡にまで滋野氏の流れを汲む支族（海野氏、望月氏、禰津《ねづ》氏、矢沢氏、真田氏、刈屋原《かりやはら》氏など）が広がっていた。滋野氏の嫡流は小県郡海野に本拠を置いていたために、いつの頃からか海野氏を称するようになり、その一族の中でも海野氏、望月氏、禰津氏は『滋野氏三家』と呼ばれて大いに威勢を振るった。

村上家の小県郡への進出が本格化するにつれて、まず海野氏との間に応仁二年（一四六八年）に海野大乱と呼ばれる紛争が起きた。この敗北によって海野氏本家の勢力範囲は激減し、塩田平以西は完全に村上領に入った。

本来ならば、ここで村上政清は一気に海野城を攻め落としたいところであった。なにしろ城は北国街道の北側の高台にあって、城門に登れば街道が目の下に東西に走っている。海野城を落とさない限り、村上勢が海野城の鼻先をかすめて佐久郡へ向けて兵を動かせば、海野氏は直ちに街道を押さえて補給路を断つであろう。

海野大乱には勝利を収めたとはいえ、滋野一族は信濃一円から上野にかけて多くの支族を抱えている。それに対して村上家は坂木に本拠を移してからまだ日が浅く、動員能力から言えばまだまだ足元にも及ばない。

そこで村上政清は、次のような三条からなる協定を申し入れた。

一、海野氏は、村上勢が北国街道を往来するのを妨害しない。
一、海野氏は今後村上家の領内に残る滋野一族を扇動して、村上家に反旗を翻させる行動はとらない。
一、この約束を守る限りは、村上家は海野平に於ける海野氏の支配を認める。

海野氏にとっては屈辱的な妥協を強いられることになるが、結局はこの提案を呑まざるを得なかった。

滋野一族は広大な地域に支族が多数存在するとはいえ、その勢力を海野平に結集するのは容易なことではない。北信濃の水内郡の北部とか、佐久郡の南部から駆けつけるのには、準備期間も含めれば十日近い日数が必要である。それに対して村上家の領地は、坂木を中心に埴科郡、更級郡の東部と小県郡の塩田平に固まっていて、動員をかければ一日で全兵力が集められる。坂木と海野平の距離は五里しかないから、朝早く出立すればその日のうちに海野城を攻撃できるのだ。海野氏もこの現実の前には、涙を呑む他はなかった。

佐久郡へ通じる往還《おうかん》として北国街道を確保した村上家は、文明十六年（一四八四年）には佐久郡の名門大井氏の大井政則《まさのり》を下して、念願の佐久郡への進出を果たした。

しかし村上領が北信濃全域から小県郡、佐久郡の北部にまで拡大するに及んで、海野氏の存在は次第に目障りなものになってきた。領内の統治を進めていけば、あちこちに滋野一族が自立して勢力を振るっているのを見逃すわけにはいかない。

それに協定の一条、三条は一度の違約もなく遵守されていたが、二条についてはまことに怪しいものであった。村上領の東で滋野氏の支族による反乱が起こると、奇妙なことに時期を同じくして西でも反旗が翻る。しかし兵糧や武具、戦費といった具体的な支援がない以上、本家の海野氏を責めるわけにもいかない。

佐久郡の南部に進出してきた武田氏、諏訪郡から北上して小県郡の長窪城までを勢力下に収めた諏訪氏にとっても、状況は同じであった。村上家、武田家、諏訪家が直接決戦するに先立って、まずはそれぞれの領内の異分子を一掃し支配権を確立しておく必要があった。

こうして利害が一致した村上氏、武田氏、諏訪氏は、滋野一族を討伐するために海野平に結集することになった。

武田信虎、諏訪頼重に先着して大屋に陣を張った村上義清のもとに、先行させておいた物見の者達が戻ってきた。その者達の報告によれば、海野平にはすでに五千の滋野一族が参集しているということであった。

（物見の者の言う通り海野平に五千の兵が集まっているとすれば、滋野一族は自分達の命運をこの一戦に懸ける決断をしたのであろう）

この期に及んで、滋野一族に五千の動員能力が残っているとは義清にとっては意外であった。

物見の者達にさらに問いただすと、滋野一族の陣に立つ旗印は海野氏、望月氏、禰津氏、矢沢氏、真田氏などの他に、関東管領の上杉憲政《うえすぎのりまさ》のそれがあるという。

海野棟綱は事あるごとに関東管領の肩書きの重さを頼んで、上杉氏を後ろ盾として一族を動かしていたから、上杉の援軍が二千もあれば、海野平に五千の兵がいても何の不思議もない。むろん上杉憲政本人が参軍しているわけではなく、重臣の長野《ながの》業正《なりまさ》あたりが兵を率いているのであろう。

村上義清は、早速重臣達を集めて軍議を開いた。梅雨入り間もない蒸し暑い夕方であった。

「今日にも、武田も諏訪もこの海野平にやって来る。さすれば数日のうちに、滋野一族五千との間にいくさが起こるのは必定であろう。前々から申しているように、このいくさはただ勝てばよいというものではない。同盟軍が勝っても、その勝利は我が村上家が手柄の筆頭でなければ、何の値打ちもないのだぞ。村上家一手で勝敗を決する覚悟で臨んでくれ」

義清は、声を震わせてそう叫んだ。このところ武田に押され気味のこの男としては、劣勢を一気に挽回する絶好の機会と見てここまで出向いてきたのだ。

むろんその気負いは重臣達にも通じていて、期せずして、

「おう！」

という声が上がったほどであった。

村上義清、武田信虎、諏訪頼重の三将は、それぞれの思惑を胸に秘めて海野平に参集した。

二

翌日の昼頃、海野平の西側に陣を構えた武田信虎は早速村上義清、諏訪頼重を呼んで軍議を開いた。重臣二名の同行を認めるとの申し合わせにより、村上家からは室賀光氏と清野清秀、武田家からは板垣信方と甘利虎泰、諏訪家からは味沢義隆《あじさわよしたか》と征矢野《そやの》元春《もとはる》が出席した。

武田氏と村上氏は佐久郡を巡っての長年の宿敵同士であり、また武田氏と諏訪氏も刃を交えた仲であったから、こうして一堂に会するのは初めてであった。

この時信虎は四十八歳、義清は四十一歳、頼重は二十六歳である。

互いに家臣の紹介を済ませたあと、まず赤ら顔の信虎がゆったりと口を開いた。

「村上殿、石堂殿はお元気でござるか。いや、昨年は岩村田の王城で散々に苦しまされ申した。時にあの石堂殿の所領はどれほどでござるか」

「二千石でござる」

「ほう、あの信濃随一の荒武者を僅か二千石で召し抱えているとは、まことに羨ましい限りでござるな」

武田の信濃攻略にあたっての最大の敵は、言うまでもなく村上義清である。その義清の配下で勇名を信濃一帯にとどろかせている一徹の知行高を、信虎が知らないはずはない。

信虎は穏やかな物言いながら、

(あれほどの男を、随分と粗略に扱っているものだな。自分なら倍の四千石でも喜んで迎えるぞ)

との意を、言外に含ませて微笑していた。

義清は動じなかった。この男も長い戦歴を重ねているだけに、こんな小技に乗せられるほど単純な武将ではない。

「いつの日か拙者が信濃一国を討ち平らげた暁には、あの一徹には十万石を与えましょうぞ」

誰もが互いの言うことを本気にしているわけではなく、言葉にならない気合のこもったやりとりが激しく火花を散らしていた。

武田信虎はふっと息を吐いて、話題を変えた。

「ところで明日のいくさだてだが、何かよい案はござるか」

海野平にも海野氏の詰めの城はあるが、五千の大軍が結集したとあっては到底その十分の一も収容することはできない。そこでこうして北国街道の北の平地に全軍を展開し、野戦で勝敗を決しようとしているのであろう。

滋野一族の兵力は五千なのに対して、武田、村上、諏訪の同盟軍は武田四千、村上四千、諏訪二千の合計一万とあって、野戦ならば圧倒的に有利である。

諸将からいろいろな意見が出たものの、しょせんは『大軍に策なし』という古来の格言通り、滋野一族が平地の東に展開しているのに対して、同盟軍は西側に厚い陣を敷いて真っ向から対決しようという結論になった。

その陣割りは、村上勢が北に、武田勢が中央に、諏訪勢が南に兵を置くことに決まった。滋野一族には一族の存続を懸けた悲壮な意気込みがあるであろうし、同盟軍には信濃全域での今後の勢力争いに大きな影響を及ぼすであろうこの一戦に、様々な思惑が渦巻いていた。

明日は、信濃の将来にとって重大な意味を持つ一日となるであろう。

村上義清は太い口髭を撫でながら、したり顔で言った。

「決戦に先立ってやっておくべきことがござる。ここから南に一里ほどの所に、滋野一族の尾山氏が守る尾野山城（現・上田市生田尾野山に所在）がある。海野平の決戦の最中《さなか》に、あの城から背後を突かれては面倒じゃ。今から一駆けして、今日のうちに落としてしまおうではないか」

「成る程、今のうちに後顧の憂いを断っておけば安心じゃな」

武田信虎は頬を緩めて頷いた。

「ここらは村上領に近く、村上殿は地理に明るいであろう。先導してくだされ」

「全軍を率いていくほどの城ではござらぬ。それぞれ千人の精鋭を引き連れていけば、充分であろうよ」

義清の言葉通り、尾野山の城は僅か一刻の攻防で片が付いた。それも武田勢も諏訪勢も大した働きがなく、勝利の原動力となったのは義清の陣頭指揮で士気が上がる村上勢の活躍であった。

翌日は、朝から抜けるような爽やかな青空が広がった。両軍の間には一触即発の緊迫した空気が満ちていたが、実際に戦機が熟していくさが始まったのは午《うま》の刻（正午）だった。

緒戦は滋野一族方が優勢であった。何しろこの一戦に負ければ、一族は霧消して再び立つことはかなわないのだ。そうした悲壮な意気込みが、どことなく足並みが揃わない同盟軍を圧倒した。

一方の同盟軍側には互いのお手並み拝見といった空気が漂い、死に物狂いで戦うといった雰囲気には程遠かった。

無理もない。序盤戦にはできるだけ力を温存しておかなければ、いざ決戦という場面で力を発揮することができない。緒戦はできるだけ他家に任せ、いくさの山場に至って初めて全力を傾注するのでなければ、他家を凌ぐ大きな手柄は挙げられまい。

しかし武田、村上、諏訪の三家がともに同じことを考えて互いの顔色をうかがっているのでは、滋野一族の猛攻に押され気味になるのは当然であろう。中でも主将である海野棟綱と真田幸隆《ゆきたか》の攻撃は火を噴くまでの凄まじさで、さすがの武田勢も村上勢も一時は三町ほども押し込まれた。

だがこの情勢にも、村上義清、武田信虎の二人は落ち着き払っていた。

戦力に大きな差がある戦いは、巨漢が自分の半分の体重しかない小男を相手に角力を取っているようなものだ。巨漢が相手に体重を預けてもたれかかってさえいれば、小男はそれだけで体力を消耗してしまう。

村上勢も武田勢も力を温存してのいくさ振りであり、これに対して兵力の少ない滋野一族が全力で戦っているからこその優勢なのである。これをじっと凌いでいれば、やがて滋野一族は攻めきれずに力尽きるであろう。

（機を見て反撃に転ずれば、一気に優劣は逆転する）

義清も信虎も歴戦の武将なだけに、そのあたりの呼吸はよく飲み込んでいた。

はたして、未《ひつじ》の刻（午後二時）に至って海野も真田も明らかに攻め足が伸びなくなった。

一刻に及ぶ激戦に、ついに疲労が限界に達したのだ。これを見た村上氏の本陣からも武田氏の本陣からも、ほとんど同時に攻め太鼓が打ち鳴らされた。

余力を残している村上勢、武田勢はたちまち攻勢に転じた。

この中で哀れを極めたのは諏訪頼重であった。禰津氏、矢沢氏を正面の敵として戦っていた若い頼重には、義清や信虎のような粘り腰は期待すべくもなく、ただひたすら実直に戦い、押されていただけだった。頼重がようやく一息つけたのは、海野棟綱や真田幸隆の軍勢の後退に伴って、目の前の禰津氏、矢沢氏がようやく進攻を止めた時であった。

ところが、異変はその時に起きた。海野棟綱の後詰の全軍を率いて、相良民部《さがらみんぶ》が戦場の北側の草原を駆け抜け、前線に躍り出てきた。相良民部は海野棟綱の縁戚に連《つら》なる若者で、その無双の剛勇から鬼の異名をとる棟綱の秘蔵っ子であり、いくさの切所に投入すべく手元に温存していたのであった。

民部の手勢は僅か五百であったが、満を持していただけにその活躍は目覚しかった。赤い裾濃《すそご》の胴丸《どうまる》に朱の兜という華やかないでたちの相良民部は、手勢の先頭に立って槍を振るい、たちまち村上家の副将、清野清秀の手勢を追い散らし始めた。

民部は体が大きく槍捌きも鋭く、『鬼相良』と呼ばれるだけにいかにも猛々しい荒武者であった。それに何と言ってもまったくの新手であり、すでに一刻を戦ってきている清野勢にはその鋭鋒《えいほう》を遮ることは難しかった。

この苦戦に村上義清は手元の兵力を応援に出すことも考えたが、ここで全兵力を投入してしまっては、たとえ劣勢は挽回できても、その後の展開は後詰を温存している武田に主導権を奪われてしまう。

（これだけの顔ぶれが戦場に揃っている以上、今日は双方が互いの手の内を探り合うだけで決着をつけず、手合わせをした感触をもとにいくさだてを立て直して決戦は改めて後日というのが、当然の策ではあるまいか）

村上義清はそう判断して退き鉦を打たせると、村上勢が兵を退くのに呼応するように武田の本陣でも鉦が鳴らされた。

（信虎も今日のいくさは滋野一族の戦力の味見であると思っていて、その目的もおおむね果たせた以上この辺でひとまず兵を収め、兵力の無用な損耗を避けようという腹なのに違いない）

滋野一族にも村上、武田、諏訪の同盟軍を追うだけの余力はなく、死傷者を収容して北国街道沿いの陣に退き上げていった。今日のいくさでは双方に目立った攻防もなく、名のある武士の首を討ったという話もなく、相良民部が一人目覚しい働きを示しただけでまずは勝負預かりといったところであろう。

村上義清は、自分の軍勢が陣に戻ると、すぐに主だった武将を呼び集めた。武田信虎から招集がかかる前に、村上家としての意思統一を図っておかなければならない。

「今日のいくさは互いの手の内の探り合いに終始したが、明日は死力を尽くしての決戦となろうぞ。いや、何としても我らの手でその運びにせねばならぬ。何かよい思案はないか」

義清は、村上勢が主導権を握ったうえで両軍を決戦に追い込む腹なのであった。それを理解している石堂一徹が、まず口を開いた。この男も今日は前線に姿を見せてはいたものの、様子見に徹していてこれといった働きはしていない。

「今日のいくさを見るに、明日も滋野一族は緒戦から全力で戦い、機を見て相良民部が動いて、戦線の膠着状態の打開を図るでありましょう。その動きを封ずるために、この主戦場は殿と室賀殿、清野殿にお任せして、拙者は五百名の兵を率いて左手の丘陵に陣を張りたいと存じまするが」

このところ一徹の提言を耳に痛い思いで聞いている義清であったが、いざ戦場に出れば主従の呼吸はぴたりと合っていた。

「一徹、よくぞ申した。相良民部の動きさえ封じてしまえば、後は海野棟綱に打つ手はあるまいよ」

「拙者は必ず相良民部を討って見せましょう。後のことは、言うまでもございますまい」

「それよ。一徹が動いた時こそ、本当の戦機だ。それと同時に、俺は手元の兵力を結集し先頭に立って海野棟綱の本陣に切り込む。海野棟綱、相良民部の二人を村上家の手で討ち取ってこそ、このいくさの功名を独り占めできるのだぞ」

この場に居合わせた諸将達は、皆声を上げて大きく頷いた。こうした積極的な攻撃の姿勢こそが村上義清の本領であり、もっとも実力を発揮できる局面なのだ。それに相良民部は鬼相良の名に恥じぬ天晴れな武者振りだが、一徹の剛勇の前では物の数ではないと誰もが確信していた。

老練な室賀光氏は、皆を制して独特のゆったりとした口調で言った。

「殿と石堂殿の申すことは、まことにもっともでござる。ただ、用心せねばならないのは滋野一族の夜討ちでございましょう。兵力で劣る滋野一族としては、正攻法では勝てぬと見て奇襲に出ることが充分に考えられますぞ」

室賀光氏の提言に、石堂一徹は微笑して言った。

「その通りでござる。されば拙者は日のあるうちに左手の丘陵に陣を移し、滋野一族の動きに目を光らせることといたしましょう」

こうして武田信虎から軍議の参集がかかった頃には、石堂一徹の手勢五百名の選考も済み、鈴村六蔵の指揮の下に移動を開始していた。

三

翌日のいくさは、巳《み》の刻（午前十時）から始まった。この日もまた緑の草原を爽やかな初夏の風が吹き抜けていたが、滋野勢の攻撃は火を噴くほどの激しさであった。石堂一徹は戦場を見下ろす小高い丘陵の上にあって、床几に腰を下ろしたまま動かない。

その周囲に集まっている五百人の兵は、ときおり一徹に視線を投げる他は、静まり返って言葉を発する者もなかった。

戦況は一徹の予想通り、滋野一族の奮戦によって村上、武田、諏訪の同盟軍が押され気味に推移していた。ただ滋野一族側は戦線が伸びきっているのに対し、同盟軍側では村上、武田の両家は前線の兵達を適宜後詰の兵と交代させ、休息を取らせて体力を回復させつつ手元に温存していて、来《きた》るべき決戦の時に備える余裕があった。

海野棟綱としては、味方が優勢のうちにいつ相良民部を前線に投入するかが戦局を決する鍵なのである。気掛かりなのは、北側の丘陵に昨夕から陣取っている石堂一徹の存在であった。

（石堂一徹があそこにいるということは、相良民部が出撃すればただちにそれに対応

して動くということであろう）

相良民部が率いる五百人は滋野一族から選り抜いた精鋭だが、一徹の五百人の手勢こそはこの信濃の国でも最強の軍団なのは疑う余地もない。相良民部が一徹に討たれてしまえば、その瞬間に滋野一族はこの地上から消滅してしまう。

午の刻（正午）に近づくに及んで、死力を尽くして戦っていた滋野一族は疲労が重なり、どの戦線でも前進が止まってしまった。

海野棟綱は、ここで辛い決断をしなければならなかった。

（ここで相良民部を投入しなければ、この局面の打開は図れまい）

鬼と呼ばれて恐れられている相良は、まだ二十歳をいくつも超えていない爽やかな風貌をした若者で、若いだけに石堂一徹に対する恐怖はなかった。まだ一徹の戦いぶりを自分の目で見たことのないこの若者は、周囲の者が一徹を鬼神のように恐れるのが不思議でならなかった。

（彼も人、我も人、戦いの勝敗はやってみなければ分からないではないか）

相良民部は海野棟綱からの命を受けて、喜んで行動を起こした。しかしいざ軍勢を従えて出撃しようとした時、静まり返ったままの石堂一徹の陣を見て民部は初めて疑問を覚えた。

（石堂一徹が丘の上に陣を張っているのは、好機を摑んで丘から駆け下って目の前の

望月氏、真田氏の軍勢に横槍を入れ、それを機に一気に同盟軍が反撃に入るという腹づもりなのだ）

と、この若者は解釈していた。

（その時こそ自分が石堂勢の横腹を襲えば、前と横からの敵を受けた石堂一徹は苦戦を免《まぬが》れまい）

石堂勢の突撃を封じてしまえば同盟軍は反撃の機を失い、滋野一族の優勢が続くであろう。

（望月氏、真田氏の軍勢が開戦から二町ほども戦線を前進させて石堂一徹の前に横腹をさらしているこの絶好機に、どうして石堂勢は突出の気配を毛ほどにも見せていないのだろうか）

何度か望月氏、禰津氏の軍勢と一徹の陣をせわしなく眺め渡していた相良民部は、突然あることに気がついて、あっと声を上げ馬上に棒立ちになった。

（石堂一徹の目的は、望月氏、真田氏ではなく、こうして自分に足止めを掛けることにあるのではないか）

滋野一族の前線の兵の体力は、もはや限界に近い。こうして一徹と睨み合っている間にも、すぐに滋野一族の現在の優勢は失われて、同盟軍の反撃を許してしまうであろう。

（自分も一徹も、ここで睨み合っているだけで何もしていない。しかし一徹はこうしていることで自軍の勝利を確実にしつつあり、一方の自分はこのままでは参戦もせずに一族の崩壊を傍観することになるのだ）

相良民部としては、もう躊躇は許されない。今すぐにどこかへ兵力を移動して、敵と戦わなければならないのだ。選択肢は二つある。一つは石堂一徹と正面から激突することだ。

（しかしたとえ自分が石堂一徹と互角の戦いを演じたとしても、その間に前線は崩壊して滋野一族の敗北が決定してしまうだろう）

ここはやはり、石堂一徹の目の前を移動して昨日と同じく前線を攪乱《かくらん》する他はない。だがそれを待ち構えている一徹は、すかさず丘を下って横手から攻撃を仕掛けてくるに違いあるまい。

（精強を誇る石堂軍団の突撃をかわして前線に到達することが、果たして可能だろうか）

相良民部は、唇を噛んだ。自分がここに居すくんでいては、十中十まで滋野一族の敗北は目に見えている。しかしどう動いてみたところで、十中九まで同盟軍の勝利に終わるのは明白なのだ。

（動かなければ地獄、動いても地獄）

この若者は自分が相手をしている石堂一徹がどれほどに恐ろしい男であるのか、この時初めて思い知った。

（あの男は、自分を牽制することで自軍に勝利を呼び込もうとしているのだ。俺を働かせないというのは勝敗の帰趨《きすう》を決する大貢献には違いないが、論功行賞の対象にはなるまい。武士の功名とは、戦場で働いて名のある首を得ることなのだ。自分が動かなければ、石堂一徹は首の一つも取れまい。それが分かっていながら、あの男は平然として丘の上に静まり返っている。自分の手柄よりも自軍の勝利を優先する、あんな武将がこの世にいるのか）

だが、相良民部の決断は早かった。この派手やかな赤裾濃の胴丸に身を包んだ若者は、槍を上げて全軍に前線へ全速で向かうことを命じた。相良民部が動けば一徹も動き、それを機に戦局は両軍が総力を挙げての決戦に移るであろう。

敵味方入り乱れての乱戦となれば、後は何が起こるかは神のみぞ知るとしか言いようがない。これは滋野一族にとっては命運を懸けての最終決戦で、負ければもう後がないのだ。

ことここに至れば、相良民部が決死の覚悟を固めて進軍を命じたのも当然であろう。

相良民部のこの動きを見て、それまでじっと戦況を丘の上から眺め渡していた石堂一徹は、初めて声を上げた。

「馬を曳け」

すぐ後ろに控えていた駒村長治が、素早く白雪の手綱を手にして前に出た。一徹が馬上の人になった時には、鈴村六蔵は一徹の右後ろに、市ノ瀬三郎太は左後ろに馬を寄せ、十五人の郎党はその後ろに控えていた。

一徹は頭上に掲げた槍を振って、全軍に突撃を指示した。一徹を先頭にして楔形の陣形を取る石堂勢は、一気に丘を駆け下って火の噴くような攻撃を開始した。

相良民部の軍勢には石堂家の錐立てを防ぐ術もなく、たちまち前後に分断された。ここで石堂勢は事前の申し合わせに従って二手に分かれ、一徹が率いる三百は右手の相良民部勢の前半分に向かい、江元源乃進が率いる二百は後ろ半分に敵対した。

こうなっては相良民部も前線に向かうどころではなく、振り返って一徹勢と戦う破目に追い込まれてしまった。この場面でも石堂家花の十八人衆の活躍は凄まじく、相良民部の軍勢を蹴散らしてたちまち相良民部の馬回りの武士達に肉薄していった。

しかしこの時、予期せぬ出来事が起きた。一徹の槍で突かれた敵将の馬が棒立ちになった弾みに、一徹の槍が半ばで折れてしまったのである。それを見て取った三郎太は、

「これを」

と叫んで自分の槍を差し伸べた。しかし一徹は首を振ると背後の駒村長治から大文字の豪刀を受けとり、大声で指示を与えた。

「六蔵、二人駆けだ。さぶ、道を空けろ」

花の十八人衆の強みは、個々の武勇もさることながら、長期にわたって鍛錬をともにしているために、全員がどんな時にもその場で自分が果たすべき役割を心得ていて、一徹の一言で瞬時に統制の取れた行動を起こせる点にあった。

馬上の三郎太が一徹の前に躍り出て正面の敵に槍をつけた時には、十五人の郎党が三郎太の左右の敵をなぎ倒し始めていた。三郎太が前進するにつれて、その背後を守る郎党達の働きで一条の道が開けていく。

そして三郎太が最後の馬回りの騎馬武者と相対した時に、一徹は六蔵に合図をして馬腹を並べて全速で駆け出した。三郎太がうまく相手を相良民部の前から追い払った瞬間に、槍を構えた六蔵と、大刀を振りかぶった一徹とが同時に相良民部に殺到した。

相良民部は途方に暮れた。

(勇名高い二人の同時攻撃とあっては、かわす手段などあろうはずもない。しかし槍と大刀の長さを比べれば、槍の方が先に我が身に届くのは分かりきっている)

相良民部は本能的に槍を振るって、六蔵の槍を跳ね上げた。

次の瞬間、一徹の三尺三寸の大文字の豪刀がうなりを生じて若者の頭上に落ちてきた。金属が金属を切る異様な物音を意識した瞬間に、この爽やかな風貌をした若者の命はこの世から消えた。

この少し前から、村上義清は馬上にあって血走った目を戦場に投げていた。戦況は予想通りに推移していて、最初は押しまくっていた真田勢も望月勢も今や疲労の色が濃く、戦線は先程からしばらくは膠着状態が続いている。

あとは戦機を摑んで、海野棟綱の本陣に突撃を掛けるだけだ。しかし、当然武田信虎も同じことを考えているであろう。義清の判断が一瞬でも遅ければ、武田勢が先に相手の本陣に殺到してしまう。

（だが、まだ戦機は熟していない。前線に何か動きがあり、相手が浮き足立った瞬間でなければ、敵の抵抗も激しくて長蛇を逸する恐れがある）

義清は、その戦機を石堂一徹が動いた時と心に決めていた。

（一徹は大言壮語をするような男ではない。その一徹が相良民部を討つと公言したからには、必ず実行するであろう。そして一徹があの小倅の首を挙げたのを見届けた信虎も、その機を逃さずに必ず動くに違いない）

それだからこそ一徹が丘を下り始めた瞬間に、義清は信虎に先んじて突撃を開始する決意を固めていた。

まだかまだかと息を呑んで見守る義清の視界に、ついに一徹が全軍の先頭に立って斜面を駆け下りる姿が飛び込んできた。

義清は、左右を見回しながら叫んだ。

「今こそ勝機ぞ。敵は海野棟綱ただ一人である。よいか、勝機は一瞬にして去る。今は皆の命を俺にくれ」

義清は槍を右手に構えると、馬腹をあおって駆け出した。譜代の臣から選び抜いた五百の精鋭が、すぐその後に続いた。

村上氏と武田氏の本陣が一町ほど離れているために、村上勢と戦っている真田氏の軍勢と、武田勢の正面の海野勢との間には十間ほどの距離がある。義清はその間隙《かんげき》を突いて駆けに駆けた。

武田信虎も諏訪頼重もまだ動けないこの時期に、両側の敵には目もくれず、先頭に立ってひたすら海野棟綱の本陣に突撃するあたりが、村上義清という武勇一筋の男の真骨頂であった。

義清は、このいくさが自分の運命を決する正念場だと思っている。

（海野棟綱の首を取れば自分の将来は開ける。信虎に渡すようでは、もはや自分の未来はない）

その凄まじい覚悟が配下の五百人に乗り移って、義清の手勢は炎となって海野棟綱の本陣に襲い掛かった。義清は目を血走らせて槍を振るい、たちまち四、五騎を突き伏せている間に、村上勢の奮戦によって棟綱の周囲は見る間に手薄になっていった。

（よし、この首は貰った）

義清はそう確信したが、その時主将の危機を知った真田幸隆が前線を放棄して救援に駆けつけてきた。気がつけば関東管領、上杉憲政の軍勢は早くも戦線を離脱しつつあり、真田幸隆は、

（いくさは利あらず）

と見て海野棟綱を逃がそうとしているのであろう。

義清は歯噛みをして真田勢に突撃した。この頃には武田勢もすぐ近くまで進撃してきており、室賀光氏、さらには望月勢を蹴散らした石堂一徹までがこの場に殺到してきたが、真田幸隆の奮戦振りには驚嘆すべきものがあった。

幸隆は殿を引き受けて、大きな犠牲を払いながらもついに海野棟綱を守り抜いて東に落ち延びていった。

村上義清はさらに逃げる海野勢を追って海野城に乱入し、たちまち男女合わせて二百名余を討ち取り、ついに長い間の念願であった滋野一族の根を完全に絶ち切った。

逃げ損ねた禰津氏、矢沢氏は降伏し、これをもってこのいくさは村上氏、武田氏、諏訪氏の完勝に終わった。

惜しくも海野棟綱の首こそ討ち損ねたが、戦いの済んだ草原を眺め渡す村上義清の意気は軒昂《けんこう》たるものがあった。相良民部を討ったのは石堂一徹であり、海野棟綱を命からがら敗走させ、海野城を落としたのはこの自分なのである。

誰が見ても今日のいくさは一徹が勝利の転機を作り、義清がその機を逸せずに勝利を確定させたと言えるであろう。

（武田勢も諏訪勢も戦場を右往左往していたばかりで、本当に勝負に直結する働きをしたのは村上家だけではないか。普段はあの小賢しい駆け引きで俺を悩ます武田信虎も、いくさの場に引きずり出してしまえば俺の足元にも遠く及ばない）

その高揚しきった気分が、義清の心中にある誘惑を吹き込んだ。

申《さる》の刻（午後四時）から、武田信虎の本陣で信虎、義清、頼重の三将立会いのもとでの首実検が行われた。最初に運び込まれたのは、相良民部の首であった。それを見たすべての者が、愕然として息を呑んだ。

石堂一徹が首台に載せて運んできたその首は、額から後頭部にかけて二寸の深さに割り砕けていた。言うまでもなく、大文字の豪刀は相良民部の兜を据え物切りのように断ち割ったばかりでなく、若者の頭蓋そのものにまで深々と打ち込んでいた。

この事実は後に、

『一徹は相良民部の頭蓋を兜ごと叩き割り、一徹が手を離すと若者の頭蓋は静かに左右に割れた』

という神話を生んだ。凡庸な武士に神話は生まれない。並外れた武勇の持ち主の周辺だけに、神話は生まれるのだ。

一徹はその体軀といい武芸といい、当時の武士の常識をかけ離れた存在であった。（あの男は摩利支天《まりしてん》の生まれ変わりのような怪物で、どんなことをやっても不思議はない）

と誰もが思っていた。それだからこそ、人々は一徹が相良民部の頭蓋を兜ごと叩き割ったと聞けば、それを感嘆するばかりで何の疑いもなく信じたのであろう。

そして皆がそれを信じてしまえば、今度はその神話が一徹の実力として天下に広まっていく。一徹はその神話を背景として自分を大きく膨らませて敵に臨み、敵はその光背のあまりのまばゆさに眼がくらんで、戦う前から戦意を喪失してしまう。

こうしてまた、一徹の身辺に、新たな神話が生まれていく。

引き続いて三十ほどの首の検分を済ませたあと、三将は領地の配分については明日の午の刻から協議することに決めて、それぞれ自分の陣に退き上げた。論功行賞は自領に退き上げてからのことで、いくさのあとには死傷者の確認とその後の処置をまず行わなければならない。

村上勢の死者は二日合わせて三十人ほどで、いくさの規模からすれば予想外に少なかった。これも義清の采配が的を射ていたことの証左であろう。

義清はにんまりと笑って、酒宴の用意を命じた。


翌日、三将はそれぞれ二人の副将を連れて武田の本陣に会した。領地の論議とあって、誰の表情も真剣であった。武田信虎はとうに腹案を固めていたと見えて、諸将の顔を眺めやりながらゆったりと語り出した。

「この度のいくさは佐久郡、小県郡から滋野一族を一掃して、それぞれの領地内をすっきりとさせるのが目的であった。従って旧滋野一族の支配地は、村上家の領内にあるものは村上家が、諏訪家の領内にあるものは諏訪家が、武田家の領内にあるものは武田家が取るのが妥当だと存ずるが、いかがであろうか」

この思いも掛けない抜け抜けとした信虎の言葉に、義清は頰を震わせて立ち上がった。

「何と申される。自領内の旧滋野氏の支配地はそれぞれが自分のものとするとはいかにももっともらしく聞こえるが、そもそも領土の配分の話に到ったのは、昨日のいくさに勝ったればこそのことではないか。

手を砕いて戦った者も、ただ御身大切に戦場をうろついていただけの者も等しく分け前に与《あず》かるとなれば、昨日の村上家のあれほどの働きは一体何だったのでござるか」

武田信虎は少しも動ずる色もなく、落ち着いた口調で反論した。

「いくさの場では、自分の働きはよく見えても、他人の働きまでは見えないものでござるよ。村上殿はむろんのこと、諏訪殿にしても拙者にしても、それぞれに手を尽くして戦ったからこその勝ち戦ではないか。

それに村上殿の領地は北信濃四郡、佐久郡、小県郡にまたがる広大なもので、旧滋野一族の支配地も飛び抜けて多い。このいくさで得たものは、村上殿が一番多いと思われますするぞ」

「それぞれが力を尽くして戦ったと？　我が軍は海野幸義を討ち、相良民部を倒し、海野城を落としたのじゃ。武田氏や諏訪氏に寸功でもあれば、申してみるがいい」

義清は立ったまま吠えるように叫んだ。しかしこんな事態はとうに覚悟していたのであろう、信虎は落ち着き払った表情でゆったりと言った。

「それでは、村上殿はどうすればよいと申されるのか。我らは揃って勝ち組であれば、自分の領地は寸土も失ういわれはない。旧滋野一族の領地をどう分けるかだけが問題ではないか」

義清は唇を嚙んだ。何という信虎の話の筋立ての巧妙さであろう。北信濃に滋野一族が多数存在しているのは事実だが、それは武田氏とも諏訪氏とも何の関係もないではないか。

今にして思えば、諏訪頼重と自分に声を掛けた時には、すでに信虎の腹の中にはこうした筋書きが出来上がっていたのに違いない。義清に力一杯働かせていくさに勝ち、その成果は抜け目なくさらっていく信虎の狡猾さに、血が沸騰する思いであった。

俺は信虎にうまく利用されたのだ、義清は暴れ出したくなる衝動を必死の思いでこらえた。この一筋縄ではいかない古狸と、ここで弁舌の争いをしても決着はつくまい。

義清は怒りをかみ殺してある覚悟を固め、武田信虎に向き直った。

「となれば現在の支配地、佐久郡であれば内山城、雁峰《がんぽう》城、医王寺《いおうじ》城（現・佐久市臼田に所在）、海尻城などは、今まで通り村上家のものでよろしゅうござるな」

「むろんでござる」

信虎は鷹揚に頷いた。昨日の功績からすれば村上義清がここで一荒れしてもおかしくなかったが、信虎にとっても意外なほどに義清は怒りを収めて穏やかに頷いた。これを受けて、村上、武田、諏訪の三将の間で詰めた調整が行われた。

「禰津氏、矢沢氏は諏訪神社の神人に連なる者達でござる。その故《ゆえ》あってこそ降伏を認めたのであれば、あの者達の本領は安堵していただきたい」

諏訪頼重が戦場とは打って変わってふてぶてしくそう言い出したのを聞いて、また村上義清の頭に血が上った。何となれば禰津氏、矢沢氏の領地は海野平にあり、当然村上領となるべき地域なのである。

「諏訪神社の神人とあらば、諏訪殿が自分の領地の中で面倒をみればよろしかろう」

「まぁ、そう言わずに」

武田信虎は、あくまでも穏やかに義清に向かい合った。

「降伏を受け入れた以上、本領安堵は仕方あるまい。そこで提案であるが、幸い小県郡の千曲川の南、長窪の北の旧滋野領はまだ帰属が定まっておらぬ。禰津氏、矢沢氏の本領安堵と引き換えに、その地を村上領とされればよろしかろう」

どうせ他人の領地とあって、武田信虎の裁定は両者の顔を立てた妥当なものであった。諏訪頼重は喜んで、村上義清は不承不承ながらも頷いて納得した。この結果、小県郡の長窪以南は諏訪氏の領地となり、北部は禰津領、矢沢領を除いて村上領としてその境界も明確にされ、佐久郡にある村上領の諸城は村上氏のものとして認められた。

板垣信方の祐筆《ゆうひつ》の手で早速誓紙が準備され、三将はそれぞれ署名血判して誓紙を取り交わし、これでこのいくさの後始末は完了した。

武田信虎は直ちに軍勢を率いて東へ、諏訪頼重は南へ去ったが、村上義清は小県郡北部の新領の地を二日間かけて検分したあと、室賀光氏に千名の兵力を残して今後の治安維持と民心の安定を任せることとし、その打ち合わせを済ませてから坂木を目指して西へ向かった。

最終章　天文十年　夏

一

朝日の母のひさから娘に書状が届いたのは、新緑の若芽が野に満ちる四月の半ばであった。そこには、

『錦吾は二年ほど前から労咳《ろうがい》（肺結核）を病んでいたが、このところ症状が悪化していつ何があってもおかしくない状態であり、できることなら早い時期に朝日と青葉に一度顔を見せに来てもらいたい』

と、書いてあった。その言外にはこれが今生の別れになるであろうという思いが伝わってきて、本来ならば即座に一徹ともども小室に駆けつけるべきであった。

だが、時期があまりにも悪過ぎた。ちょうど武田信虎から武田、村上、諏訪の三家が同盟して滋野一族を討とうという提案がされた直後で、村上家の中はいくさの準備に追われていた。

合戦ともなれば、北国街道は村上勢の進軍路になる。武田の軍勢も当然佐久甲州街道を北上して北国街道を西に進み、海野平に至るであろう。

またいくさの結果によっては、敗軍の滋野一族が北国街道を通って上野の国に落ち延びることも充分に考えられる。自領である小室の安全を守るために、すでに引退している屋代政重が健在でいるのを幸い、室賀光氏の居城である布引城にこもらせ、千名の兵を預けて街道の警備に当たらせているほどに義清は慎重な配慮をしていた。

いずれにしても、いくさが済んで状況が沈静化するのを見極めてからでなくては、女子供が旅をすることはあまりにも危険であった。そこで気を揉む朝日を石堂村で待機させておき、一徹は海野平の決戦が終了するのを待って小室に出向き、菊原錦吾を見舞った。

海野平から小室の大里村までは二里強しかない。一徹は村上義清に事情を説明して、坂木への帰着が一日遅れとなることの了承を取りつけ、麻場重能、押鐘信光、唐木田善助、町井憲秀、山浦正吾の五人の郎党を引き連れて小室に向かった。

上杉勢、海野棟綱、真田幸隆は北国街道をひた走って上野の国まで逃げ延びたが、屋代政重の警護が行き届いていたおかげで、この周辺にはいくさに伴う混乱はなく、人馬の往来も通常の賑わいを取り戻していた。

菊原錦吾の屋敷のたたずまいは以前と変わらず、玄関脇に聳え立つ大銀杏も滴るばかりの緑の新芽に覆われていたが、屋敷の主は一徹を見ても体を起こすことができないほどに衰弱していた。

「そのまま、そのまま」

一徹はそれでも起き上がろうとする錦吾を押しとどめて布団の横に胡坐をかきながら、一年前に見た錦吾の様子と見比べて衝撃を禁じえなかった。あの時には座って談笑するだけの体力があったのに、今では一気に十歳も年を取ったような印象で、声にもしぐさにも生気が失せていた。

「いくさは大勝のよし、まことにめでたいことでござる。そのいきさつを、詳しく話してはくださらぬか」

菊原錦吾は何度も咳き込みつつそう言って、一徹の顔を仰ぎ見た。一徹は錦吾の容態が悪化しないかと気遣いながら、かいつまんで今度のいくさの様子を物語った。

「またしても、石堂殿の働きは目覚しいものがございましたな。いや、朝日は幸せ者でござる。拙者はもう長いことはなかろうと存じまするが、昨年嫡男の信吾に家督を譲ったことでもあり、何も気がかりなことはございませぬ」

「何を申される。もう三月もすれば我が石堂家にも二人目の子が授かります。お父上も、お元気で孫の成長を見守ってくだされ」

一徹は慰めを言ったが、錦吾がその孫の顔を見ることはまずあるまいと思われてならなかった。すぐそばに控えている義母のひさも、一回り小さくなったかと思われるほどに憔悴《しょうすい》していた。

「いくさが終わった以上は、しばらくは平穏な日々が続きましょう。早速に朝日と青葉を見舞いに寄越しますほどに、どうかお楽しみにお待ちくだされ」

そういう言葉の裏で、一徹は一日も早く朝日と青葉をこの菊原の屋敷に送り込まなければならないと痛感していた。


一徹が坂木の役邸に帰り着いてみると、早くもいくさが同盟軍の快勝に終わったことを知った朝日が、青葉を連れて出向いてきていた。一徹は菊原錦吾とひさの様子を詳しく話して聞かせ、準備の整い次第出立するようにと申しつけた。

本来ならば一徹自身も同道すべきであったが、次席家老の一徹としては、この度のいくさの論功行賞という大仕事が残っている。筆頭家老の室賀光氏が長窪の北に隣接する古町《ふるまち》に残って新領の整備に専念している以上、一徹が村上義清の相談相手としてその業務に当たらなければならない。

そこで朝日と青葉の身辺警護として、市ノ瀬三郎太とその郎党五人をつけることにした。

坂木から小室に至る北国街道の周囲にはさしあたっての危険があるわけではなかっ

たが、なにしろこの地における滋野一族の歴史は古い。どこで一族の残党が不穏な動きを起こさないとも限らなかった。

常識的に考えれば、この時期に大きな軍事衝突が起こる可能性は皆無に等しい。武田氏にしろ村上氏にしろ諏訪氏にしろ、新たな領地の検分とそこに内政の網を張り巡らす業務が最優先であり、それが終了するまでは外に向かって動くことなど有り得ない。佐久郡、小県郡、北信濃四郡の滋野一族の処理だけでも、半年から一年は掛けても不思議のない最重要の課題であった。

だが、一徹の心の奥底には拭っても拭いきれぬ一抹の不安があった。それはいくさのあとの領地配分の論議で、武田信虎の屈辱的な提案を、村上義清があっさりと呑んだことであった。

(小県郡西部から滋野一族の勢力を一掃したことは大きな成果ではあるけれど、ここは殿の性分としても、駄目を承知の上でもう一押ししてみる余地は充分にあったはずだ)

同盟軍の勝利はその大半が村上勢の貢献によるもので、武田信虎は終始一貫してこれといった働きをしていない。

(信虎はいくさに臨むと勇み立つ殿の性格をうまく利用して力一杯に働かせ、自分は自軍の犠牲が最小限になるように立ち回っていただけなのではないか)

義清に滋野一族を滅ぼさせておいて、自分は佐久郡の武田領内にある旧滋野氏の支配地をそっくり手に入れたとあっては、信虎としては笑いが止まらない展開だったに違いあるまい。逆に村上義清からすればまだまだ領地を要求すべき根拠があるのだから、それを強く主張すれば信虎ももう少しは譲る腹でいたのではあるまいか。

（いくさが至上の価値を持つというのが信条の殿としては、いくさに勝った以上はその功績を最大限に言い募《つの》るのが当然なのに、どうして小県郡の北半分を得ただけでよしとしたのか）

一徹には割り切れない思いが尾を引いていた。

「朝日、身重の体だ。道中、無理をするでないぞ」

坂木の役邸の門まで見送りに出た一徹は、馬上の朝日にそう声を掛けた。

「こうして横座りをしていると、まるで花嫁のようでございますね」

朝日の言葉に、周囲の者がどっと笑った。朝日は乗馬も得意であり、今回も普通に鞍にまたがって大里村の実家に帰るつもりであったが、何分にも七ヶ月の身重とあって一徹がそれを許さなかった。

木々の緑にふさわしい若草色の小袖に馬乗り袴というういでたちで鞍に横座りというのもそぐわなかったが、朝日は馬を曳く八町輝元に合図をして馬を歩ませた。

一行は朝日と青葉、伴が市ノ瀬三郎太とその郎党である飯森信綱、小林行家、小根沢新三郎、鎌原太兵衛、八町輝元、それに駒村長治、朝日付きの奥女中の萩の十人という顔ぶれである。

駒村長治がこの中に加わっているのは、六歳になった青葉の普段からのお気に入りで、遊び友達としてのご指名であり、萩は朝日の婚儀に従って大里村の菊原家からついてきた女中なので、この際久し振りに里帰りさせてやろうという思いやりからの人選であった。

青葉を鞍の前に座らせた長治が会釈をして通り過ぎようとした時、一徹が青葉に声を掛けた。

「しばらくのお別れだぞ。『高い高い』をしてやろう」

一徹は長治から青葉を受け取ると、両手を女児の脇の下にあてがい、思い切り空高く放り投げた。稀に見る長身で筋力また並ぶ者がない一徹とあって、これほど高く空を飛ぶ子供は他にはあるまい。青葉は小さい頃からこの高い高いが大好きで、いつもせがんでやってもらうほどであったから、今日もすっかり上機嫌で二度、三度と宙を舞った。

「三郎太、今回のいくさで小室は村上領のもっとも東となり、武田と領地を接することになった。すぐにどうこうということはあるまいが、それでも何が起きるか分からぬ。充分気をつけていってくれ」

「承知しております。ご心配なく」

三郎太は爽やかな微笑を浮かべて先頭に立った。この若者もいつしか二十六歳になっていて、挙措動作にもどこへ出しても恥ずかしくない貫禄が備わっていた。

「坂木から小室までは八里（三十二キロ）少々で、健脚の者ならば一日あれば充分でございますが、今回は北国街道の田中宿に泊まる一泊二日の行程で、ゆるゆると旅して参ります」

「万事、よろしく頼む」

一徹は梅雨入りが近い空を仰いだが、幸いにもこのところは安定した天気が続いていて、もう二、三日は晴天であろうと思われた。それにしても、心配なのは義父の菊原錦吾の容態であった。

雲の動きが早い空の下を、朝日の一行十人の姿が小さくなっていく。なおも見送っている一徹の目の前で、門の軒先に巣を作っている燕が素早い動きで身を翻した。

二

「お父上、お元気そうではありませんか」

朝日はことさらに明るい声でそう言ったが、一年ぶりに見る父がすっかり弱っているのに驚きを隠しきれなかった。佐久衆の中でも剛毅《ごうき》で知られた錦吾だけに、その病み疲れて気力までが失せてしまった様子には心が痛んだ。

「青葉、大きくなったな」

錦吾はそれでも孫の姿に頬を緩めたが、当の青葉はあまりに憔悴した祖父の姿に怯えきって朝日の背に隠れて動かなかった。簡単に挨拶を済ませて無言のまま控えている三郎太以下の七人を下がらせ、朝日はひさに向かい合った。

「お母上も、大変でございましょう。私が参ったからには、ゆっくりと休息してくださいませ」

「私は大丈夫ですよ。それより朝日こそ、七ヶ月の大切な体です。今度こそ、元気な嫡男を産んでいただかなければ」

ひさは気丈に笑って見せたが、その表情にも動作にも疲労の色が濃かった。

「私は青葉の時もつわりも軽く、お産も楽でありました。今度もつわりもほとんどなく、毎日美味しく食事を二人前ずついただいております。ご心配なさりますな」

朝日は女中の萩を呼んでひさを自室に戻らせ、自分が代わって錦吾の枕元に詰めることにした。錦吾は娘の顔を見てほっとしたのか、うつらうつらと眠り始めた。

朝日は駒村長治を呼んだ。この郎党の不思議さは、いつでも自分の役割を心得ていて主人の声の届くところに控えていることであった。

駒村長治はすぐにその小さな体を廊下に見せ、青葉を連れていった。青葉は長治のそばにさえいれば、声を弾ませてご機嫌であった。

朝日は錦吾の枕元に座って、じっと父の顔を見詰めていた。一徹に父の様態を聞かされた時から、この看病が娘としての最後の親孝行になるだろうという覚悟はしてきたつもりであった。しかし眠りに落ちながらも時々弱く咳き込む父の姿を見ていると、いかにも年老いたという印象が強いその姿に、思わず涙がこぼれてならなかった。

錦吾はまだ四十八歳だった。それも二年前に労咳を発病するまでは、兄の信吾に家督を譲るのを嫌がるほどに元気一杯だったのだ。義父の石堂龍紀は四歳も年上の五十二歳ながら、まだまだ壮健で老いの気配さえ見せていないのに比べて、あまりに早い父の衰えであった。

幸い朝日は七ヶ月の身重とはいいながら、石堂村から大里村まで移動してきても体に何の異変もなく、健康そのものであった。つわりがほとんどないというのもその通りで、三度の食事が楽しみでならないまでに食が進んだ。

「私が食べるのではありませぬ。お腹の子が食べるのです」

そう言い訳しなければならないほどに、この旅の間も朝日は食欲旺盛であった。その時の三郎太の言葉を思い出して、朝日は沈みがちな気持ちがようやく明るくなった。

「さすがに若のお子でござるな。腹にいるうちから三人前食べるようでは、嫡男間違いなしでございましょう」

（自分の方が先に男児を得て申し訳ない）

と、恐縮しているとも自慢しているともつかない三郎太は、そう言って朝日をからかった。そういう冗談が言い合えるほどに、二人は気が合う仲であった。

朝日は三郎太の竹を割ったようなさっぱりとした気性が好きであったし、三郎太は花を養女にしてまで自分との縁談を纏めてくれた朝日を大いに徳として、単なる主従以上の親近感を抱いていた。

鈴村六蔵が四十歳を超えて体力が峠を過ぎたこともあり、今では三郎太が一徹の片腕となって郎党達を取り仕切っている。郎党から出世して馬乗りの武士となった三郎太は郎党達の希望の星であったし、この若者には郎党頭の頃から厳しい中にも愛情がこもった指導力があって誰からも慕われ、しかも最近では槍の腕前も六蔵を凌ぐまでになっていた。

武勇知略とも抜群の石堂一徹が大将となり、その片腕として三郎太が郎党達を束ね、六蔵が後見役として控えている現在の状況は朝日の目から見ても充実しきったもので、文字通り村上家最強の軍団なのに違いあるまい。

今回のいくさでも石堂家の働きは一番手柄の呼び声が高く、論功行賞では一徹も六蔵も三郎太も大幅な加増を受けると思うと、朝日は自然に頬が緩んだ。

その時、錦吾は小さく咳をしてうっすらと目を開いた。

「お水でございますか」

錦吾が頷くのを見て朝日は父親の肩を抱くようにして上体を起こしたが、久し振りに触れた父の体は手も肩も背中も驚くほどに肉が落ちていた。今では自分よりも目方が軽いのではないかと思うと、思わず朝日の目に涙が滲んだ。

廊下に人が動く気配がし、すぐに障子の向こうから三郎太が小さな声で朝日を呼んだ。

朝日が父を起こさないように気を付けながら、そっと廊下に出ると、そこに珍しく緊張した面持ちの三郎太が控えていた。

朝の爽やかな陽射しが庭一面に溢れていて、紫の桐の花が満開であった。

「訝《いぶか》しいことがござる。表で村人達が騒いでいるので出てみると、東南の方角に煙が立ち上っているではありませぬか。それも一条ならば失火ということもございましょうが、煙は五、六ヶ所から同時に上がっております。村人の申すには、北大井村に間違いないとのことでございます。今猿に様子を探らせに出しましたので、すぐに状況は判明するとは思いまするが、何とも不審なことであります」

北大井村だとすれば、この大里村から一里強しか離れていない。

(同時に数ヶ所からの出火となれば、普通に考えれば人為的な放火と見るのが自然だろう。だが今この時期、誰が何の目的で火を放っているのだろうか)

三郎太は悪い予感を覚えながら朝日にはそれ以上は言わずに、門の外に出て駒村長治の帰りを待った。左手には浅間の山塊が雄大な茶褐色の姿を青空に浮かび上がらせ、梅雨明けを待たずに夏が来たかと思われるほどに、強い日差しが三郎太とその周辺の郎党達に滝のように降り注いでいた。

すぐに鞍から腰を浮かせて背中を丸めた独特の騎乗姿で、駒村長治が全速力で愛馬を走らせて戻ってきた。

「武田勢の焼き働きでございます。その勢はおよそ二百」

駒村長治は馬上でそう叫んだ。

焼き働きとは敵地に乗り込んで放火をして回ることで、もちろん略奪と暴行がつきものだ。というより駆り出された雑兵達にとっては、略奪と婦女子への暴行こそがこの上ない楽しみなのだ。

いつもは物に動じない三郎太も、思わず顔色を変えた。焼き働きは少数の部隊が単独で行うものではない。大部隊の先陣が敵の領内に火をつけて回ることで自軍の士気を高めるとともに、相手の軍勢を挑発して戦場に引っ張り出すための示威活動だ。

（焼き働きを行っている少数の軍勢の後ろに、少なくても千の単位の兵力が控えているものと思わなければならぬ）

北大井村の次の目標がこの大里村だとすれば、この菊原家も武田勢の襲撃を避けられまい。悪いことに菊原家の当主の信吾は一徹に従って坂木に出向いているとあって、菊原家には何人かの家来が常駐しているとはいえ、戦力として計算できるのは三郎太と六人の郎党だけではないか。

だが、三郎太の決断は早かった。小室には室賀光氏の布引城があるが、ここからは一里弱の距離があり、病弱の菊原錦吾、身重の朝日を連れて行く時間的余裕はない。それに海野平の合戦の終了に伴い、敗軍の逃亡、武田勢の退陣を見届けてから、屋代政重に預けられていた一千の兵も、政重ともどもすでに坂木へ退き上げている。

飯森信綱を江元源乃進の屋敷に走らせてから、急いで錦吾の病室に出向いて朝日に状況を報告した。

「武田の襲来となれば、到底この屋敷では防戦できませぬ。ただ江元源乃進様は自宅に戻られているはず、あの屋敷ならば小さいながらも堀を巡らしており、江元様と力を合わせれば何とか凌ぐすべもございましょう。朝日様も至急江元屋敷に移る支度をしてくださいませ。のぶ《ヽヽ》が戻り次第菊原殿を戸板に乗せ、郎党達の手で江元屋敷に運び込みます」

三郎太はあわただしく声を張り上げて、用人頭の石田善兵衛《いしだぜんべえ》を呼んだ。

「石田殿、武田が焼き働きを仕掛けて参るやもしれぬ。そこで石田殿はこの屋敷にいる女子供を連れて、どこか安全な場所に避難してくだされ」

額の禿げ上がった善兵衛があわてふためいて引き下がるのを待って、三郎太は菊原錦吾のやつれた横顔に話し掛けた。

「念のために、我らも甲冑を身につけたいと存ずる。菊原家の具足をお貸しくださりませぬか」

「いくらでも用立てたいが、信吾が郎党とともに坂木に出向いているためにこの屋敷には具足はいくらもない。あるだけは着用してくだされ」

錦吾の枕元に詰めているひさが先に立って、屋敷の裏手の一室に案内した。三郎太は居合わせた郎党達を引き連れてその部屋に入った。

具足は四領しかなかったので、三郎太、小林行家、小根沢新三郎、鎌原太兵衛の四人は急いでそれを身に纏った。あとの二人分は、江元源乃進の屋敷で調達できるであろう。

しかし駒村長治に着られる具足はどこにもありそうになかった。甲冑は体格の大小、肥瘦にはかなりの範囲で適応できるものなのだが、長治は身の丈四尺八寸と並外れて小柄だった。

もっとも駒村長治はもともといくさ働きをする気持ちはないので、小袖に馬乗り袴の軽装でも何の不安もなかった。

そこへ、飯森信綱が戻ってきて報告した。

「江元様は是非とも我らと合力して武田に当たりたいとのことでございます」

「よし、分かった。皆を呼び集めて、菊原殿を江元屋敷にお連れ申せ」

三郎太の緊迫した指示にあおられるように、朝日もひさも着の身着のままで菊原錦吾の乗る戸板の後ろから急ぎ足でついていった。

青葉は駒村長治が抱えて馬に乗っていたが、六歳の子供にこの深刻な事態を理解できるわけもなく、駒村長治の腕の中で上機嫌にはしゃいでいた。

江元源乃進はすでに甲冑に身を包んで、門の前まで出て一行を迎えた。菊原錦吾が屋敷内に運び込まれたあと、源乃進は門外に立ったまま三郎太に声を潜めて言った。

「今人数を集めておるが、せいぜい十人かそこらであろう。なにしろ論功行賞に備えて、息子は二人とも坂木に参っているのだ。ここにいるのは、市ノ瀬殿の郎党と合わせても二十人にも満たぬ。これではとても武田とは戦えまい」

「しかし菊原殿はあの通りの病状、朝日様は七ヶ月の身重でござる。どこに移動して難を避けようとしても、すぐに追いつかれてしまいましょう」

三郎太の苦悩はそこにあった。この屋敷も二百の武田の攻撃を受けては守るに難く、かといって今からではどこかに身を隠すこともできまい。北大井村からここまでは、僅か半刻の道のりしかないのだ。

屋根の上に登って北大井村の方向を睨んでいた八町輝元が、甲高い声で叫んだ。

「土埃が立ち上るのが見えます。武田の勢が、こちらへ向かっているようでござるぞ」

三郎太は口元を引き締めた。北大井村で焼き働きをしていた武田勢がこちらに矛先を移したのか、あるいは新手の軍勢なのかは分からないが、すでに動き出しているとなれば半刻もたたないうちにこの江元屋敷に殺到してくるに違いあるまい。

「なんとか朝日様と青葉様だけでも落とす手段はないか」

朝日が菊原屋敷に来ていると聞いた瞬間から、江元源乃進は自分の命は棄てている。自分の身を守るだけならば、今ただちに一族を率いてここを立ち退けばよい。だが寄り親である一徹の正室の朝日とその娘の青葉を見捨てたりすれば、世間の指弾を浴びてもはや武門として世に立つことはできないであろう。

ましてや源乃進は一徹と朝日の事実上の仲人なのであり、寄り親としての一徹に深く心酔していた。長年の恩義に報いるには、ここで見事に戦って潔く死んでいく他はないと覚悟はできている。

ただこの男が恐れているのは、武田勢と戦力が隔絶している以上、ここにこもっていてもやがては全滅してしまうのが目に見えているということであった。

（せめて朝日様と青葉様だけでも一徹様の元に送り届けることができなければ、自分達の死は無駄死にとなってしまう）

それは三郎太も同じ思いであった。

出立の時に、一徹に「万事よろしく頼む」と言われてきている。それを請け合った以上は、ここで自分の命を投げ出すことには何のためらいもなかった。しかし、この命と引き換えに朝日と青葉を守り通さなければ、その約束を果たすことにはならない。

（青葉様だけなら、何とでもなる）

あの馬術が得意の駒村長治が青葉を背中に背負って馬を走らせれば、武田勢もとても追いつくことはできまい。

問題は朝日であった。朝日も馬に乗るのは得意だが、何といっても今は七ヶ月の半ばを過ぎた身重だ。気丈に振る舞ってはいても、いつもは大柄にも似合わぬ軽やかな身のこなしなのに、近頃では立ち上がる時などふと大儀そうなそぶりを見せるのを三郎太は見知っている。

馬に乗ってもだく足で駆けることなど到底無理で、並足でゆったりと歩を進めるのが精一杯であろう。だがそれでは、武田の追撃をかわすことなど思いもよるまい。

三郎太が道端で思案に暮れているところに、駒村長治が走り寄ってきた。

「菊原殿がお呼びでございます」

三郎太は頷いたが、まだ源乃進と打ち合わせておかなければならないことがあった。

「それで屋敷内に、戦力にならない者がまだ残っておりまするか」

「いや、女子供はすでに落とした」

「それでは、私は朝日様と今後の処置を相談して参ります。私の郎党達は江元殿の指揮下に置いて、ご自由にお使いくだされ」

江元源乃進の接近戦での駆け引きのうまさを、三郎太は身近で何度となく見てきている。実戦の経験が豊富であるだけに、こうした戦闘の指揮ならば自分よりも上手であろう。

三

一徹が事態の急変を知ったのは、昨日のことであった。ただ予兆はそれ以前から感じていた。それは、村上義清がいくさの論功行賞を何かと口実を設けては実施しないことからきていた。

筆頭家老の室賀光氏は新領の南端に近い古町に残って統治に当たっているが、この度の論功行賞については義清、室賀光氏、清野清秀、一徹の間で大筋では話がついている。残る細部については、義清と清秀、一徹の相談で詰めればよいことのはずであった。

しかし、義清は言を左右にするばかりで具体的な話には応じなかった。論功行賞が済まなければ、村上家の家臣は自分の知行地に戻ることができない。

それでも塩田平とか小室のように坂木から近い地域を知行地に持つ家臣達には、親子、兄弟が参軍している場合は一人を残して帰郷を許したが、水内郡、高井郡のように本拠地が遠い家臣には全員がこの坂木にとどまるように命じていた。

（何か事情があって、殿は軍勢を手元に残しておきたいのではあるまいか）

その理由が分からないままに数日を過ごしているうちに、思いも掛けない情報が一徹の耳に飛び込んできた。

室賀光氏の手勢が、新領の平定もそこそこにして東山道を東に進んで佐久郡に侵入し、近くの村々で焼き働きを行っているというのである。むろんそんなことが光氏の一存で行えるはずはなく、そこには村上義清の意志が働いているとしか考えようがなかった。

一徹は早速義清のもとに出向いて、事の真相を質《ただ》した。義清はばれてしまえば仕方がないと腹を括った表情で、一徹に告げた。

「いかにも、光氏は俺の指示で動いておる。今度のいくさでは武田と手を組んだが、それはたまたま滋野一族の掃討ということで利害が一致したからで、もともと武田と我らとは長い間の宿敵ではないか。滋野一族の討伐がなれば、またもとの仇敵に戻るだけよ。

それに今回の領地の配分のやり方には、はらわたが煮えくり返ったわ。いくさでの働きとは関係のないところで言葉巧みに言いくるめおって、人を虚仮《こけ》にするのもいい加減にするがいい。奴は初めから俺一人に死に物狂いに働かせて、自分は何もせずに領地だけを手に入れる腹だったのだ。あの悪賢い巧弁の報いは、力で思い知らせてやるしかないぞ。

今度のいくさで改めて痛感したことだが、武田は小賢しい策略で佐久郡をほぼ手中に収めたとはいえ、武力をもって戦えば我らの敵ではない。ここは一つきっかけを作って武田を戦場に引っ張り出し、一気に決着をつける好機であろうよ」

一徹は呆然としつつも、さらに義清の真意を探ろうとした。

「そのような大事を、どうしてこの一徹に諮《はか》ってはくださらなかったのでござるか」

「それは誓紙を取り交わして成立させた交渉を、その直後に踏みにじるような真似は一徹が許さないのが分かっているからだ」

「それでは殿は初めから守る気もなしに、領土の線引きに同意なされたのでありま するか」

「当たり前よ。武田と戦って大勝すれば、佐久郡はすべてが我らのものだ。そう思えばこそ、武田信虎のあの厚かましい提案を呑んだのさ」

一徹は、言葉を失った。

この男の感覚では、交渉ごとは理詰めに主張すべきことは主張した上で双方が納得して妥協がなれば、あとは誠意を持ってその同意を守り抜くべきものだ。初めから破約を前提としての妥結など、義清ほどの大身の武将の振る舞いとしてはあまりにも信義に欠けるとしか言いようがない。

いくら道徳観や倫理観が地に落ちた戦国の世とはいえ、こうした目先の打算にばかり走っていては、長い目で見れば村上家の将来に禍根を残すことになろう。

(相手に煮え湯を飲ますようなことを繰り返していれば、やがては誰も本気で殿を盟友とは思わなくなってしまうではないか)

しかもこれほど重大な判断を、義清は一徹には一言の相談もなく独断で決めた。それも、

「計画を打ち明ければ、一徹が反対するのが分かりきっているからだ」

と言うに至っては、驚くのを通り越してあきれ返る他はない。

一徹は怒りを抑えながら、ようやく気を取り直してさらに尋ねた。

「それでは室賀様の焼き働きを受けて、武田はどう出ると思われているのでござるか」

「まずは佐久郡に足を踏み込んだ光氏の手の者を小県郡に押し戻して自領を確保してから、俺に対して強硬な抗議を申し入れてくるであろうよ。そうなれば、言い分があれば戦場で聞こうと返事をして佐久郡に出兵するまでのことだ」

(何ということだ)

一徹の顔色が変わった。たしかにこの前の滋野一族の掃討戦では、村上勢の働きは武田勢のそれを大きく凌いでいた。だがそのことで、義清は自軍の強さを過信してしまったのではないか。

(あれだけ村上勢の武威を見せつけておけば、武田信虎は村上勢と正面きっては戦いたくないはずだ)

その思いが義清の思案の根本にある。武田は出陣しても室賀光氏を追い払うだけで、村上領には踏み込まずに文書で非難してくるという予測の裏には、武田は武力衝突を望んでいないという甘い思い込みが見てとれる。

だが、武田信虎は老獪極まる狸親父である。

(殿は武田を挑発して決戦に持ち込みたいとやる気満々だが、実は武田信虎の方でも、虎視眈々として一気に村上を叩きたいと思っているのではないか。この前のいくさで

は、戦闘は殿に任せて自軍は本気では戦わずに、戦力を温存していたのやもしれぬ）

だとすれば、問題は深刻である。佐久郡と小県郡とは南北に長く境を接しているが、南の部分には八ヶ岳の巨大な山塊が横たわっているために、横断する道がない。そのため甲斐の国から小県郡に入るには、まず佐久郡の大部分を縦断して佐久甲州街道を岩村田まで北上し、そこから東山道を西に向かって行かなければならない。

しかし岩村田といえば、小室の北大井村まで僅か一里半の距離しかないではないか。

（武田信虎は室賀様を追って西へ向かうと見せかけておいて、直接村上氏の本拠、坂木を突くべく岩村田から小室へ侵攻してくることも充分に有り得る。そうなっては、大里村に病気の父の見舞いに出掛けている朝日と青葉はどうなるのか）

一徹は、思わず怒気を含んだ言葉を吐いた。

「武田が村上領に踏み込まないというのは、単に殿の甘い臆測に過ぎませぬ。むしろ甲斐の国から遥々《はるばる》と出向いてくる以上は、信虎には室賀様など眼中になく、岩村田からこの坂木を目指して、まずは小室に攻め込んでくると考えるのがむしろ妥当でござりましょう」

「武田が小室に！」

義清は意表を突かれて言葉を呑んだ。いつもは冷静沈着な一徹も、今は体の芯から突き上げてくる感情を抑えかねて吠えるように叫んだ。

「拙者の妻の朝日の父、菊原錦吾は二年前から労咳を病んでおりましたが、このところ病状が思わしくないということで、いくさの終結を待って拙者の妻子が小室の大里村に出向いておりまする。今の殿のお話を聞くほどに、妻子の安否が気遣われてなりませぬ。

拙者はこれから手勢を集めて、できるだけ早く小室に急ぎとうござります。では、御免」

義清は引きとめようとして何か言ったが、一徹はまったく耳を貸す気配もなく席を立った。普段臣下の礼を踏み外すことのないこの大男としては、まことに珍しいことであった。

義清の居館から石堂家の役宅までは、ほんの二町もない。門を潜った一徹は、供をしていた麻場重能に鈴村六蔵とこの屋敷にいる郎党達を至急集めるようにと命じた。父の龍紀に事態を報告してから広間に急ぐと、すでに十人以上の顔ぶれが緊迫した面持ちで一徹を待ち構えていた。一徹は簡潔に現在の状況を説明して言った。

「そんなわけで、朝日、青葉の身が案じられてならぬ。すぐにも小室に向かいたいと思う。皆も身支度をしてくれ」

小半刻（三十分）の後には、一徹の郎党である麻場重能、押鐘信光、唐木田善助、町井憲秀、山浦正吾、鈴村六蔵とその郎党の赤塩左馬介、稲玉経正、倉橋直家、星沢秀政、南沢新八郎の十一人が甲冑に身を包んで集結していた。

龍紀と兄の輝久に見送られて出立しようとしているところに、江元源乃進の息子である宗治《むねはる》、直治《なおはる》の兄弟と菊原錦吾の嫡男である信吾が郎党を引き連れて馳せ参じてきた。

「石堂殿、我らもお供させてくださいませ。父の身が案じられてなりませぬ。普段石堂殿の与力となっている者達にも使いを出しておりますれば、すぐに皆が駆けつけて参ると存じます」

「いや、今は一刻も早く大里村に参らねばならぬ。すぐに出立して夜を駆けていくつもりだ。明日には殿が軍勢を纏めて出立いたすであろう。遅れた者は、その軍勢に加わるがよい」

「石堂殿の与力になった者は、誰もが石堂家の大事とあれば喜んで駆けつけると申しております。その気持ちを汲んで、もう少しだけ待ってくだされ」

やがて総勢が五十人ほどになった時点で、一徹は出立を命じた。大半が塩田平や小室に知行地を持つ者達であったが、中には更級郡とか埴科郡のように、直接武田の侵攻を受ける恐れのない土地を所領とする者も混じっていた。日頃から与力の衆を親身に遇している一徹に恩義を感じていて、こんな危急の時にこそ役に立ちたいということであろう。

「このあとに到着した者があれば、三々五々追ってくるように」

と伝えるように玄関番に命じて、一同は松明をかざしつつ夜の帳《とばり》が濃い街道に向かった。

四

三郎太が駒村長治について江元邸の玄関に近い一室に入ると、錦吾は病みほうけた顔をさらに青くして横になっていた。その枕元には、いつにも増して小さくなった印象の強いひさが、唇を引き締めて控えている。

この屋敷の女子供はすでに裏山に避難しているはずであったが、ひさは錦吾が気がかりで残っているのであろう。

「市ノ瀬殿、何としてでも朝日と青葉様を落としてもらわねばならぬ。それにつけても、拙者とひさがおっては足手まといで身動きが取れまい。またこうして寝ているまま武田の兵に討たれるのも、幾多の功名を立ててきた拙者としてはまことに無念じゃ。ついては、ここで自害をしてこの身の始末をつけたい。市ノ瀬殿、介錯を頼むぞ」

「私も、主人とともに極楽とやらに参りとうございます。私どもの亡骸《なきがら》が敵の手に渡らぬよう、よろしくご処置を願いまする」

「何ということを申されまする」

三郎太がなおも言おうとするのを、菊原錦吾は弱々しく手を振って止めた。

「もう時間がない。これが今娘のためにできるただ一つのことだ。市ノ瀬殿、手早く頼む」

身動きもままならないはずの錦吾は気力を振り絞って布団から体を起こすと、ゆっくりと首を前に差し伸べた。自害するといっても、腹を切る体力が残っていないのは三郎太の目にも明らかであった。

「それでは、ごめん」

今は瞬きをする余裕もなかった。三郎太は意を決して錦吾の横に立つと、大刀を抜き放った。鋭い気合とともに一条の鮮血が迸《ほとばし》って、錦吾の首が音もなく布団の上に落ちた。返す刀で、三郎太はひさの胸を貫いた。

「有り難うございます」

錦吾の体に寄り添うように崩れ落ちたひさの小さな呟きが、この世に残す最期の言葉になった。

「猿、朝日様はどこにおられる」

廊下に出ると、朝日はほんの数間を隔てた部屋の襖を開けてこちらを見ていた。その青ざめた表情から見て、今起きた事態に気がついているのに違いなかった。

「菊原様は、奥方ともども自害されてございます。いや、あの部屋の様子は見ぬ方がよろしゅうございましょう。それよりも、今は朝日様と青葉様をいかにしてこの屋敷から落とすかが急務でござる」

「しかし武田も目と鼻の先に迫っているのでありましょう。今から逃げる手段はございますまい」

「これはご両親のご遺言でござる。ご両親の死を無駄にせぬためにも、万難を排してでも落ち延びていただかなければなりませぬ」

「どうするのですか」

「青葉様は、猿が背中に背負って馬を駆ければ誰も追いつくことはできますまい。朝日様にも馬に乗っていただき、我らとともに駆けていただかなければなりませぬ」

「馬を駆けるなど、とてもとても」

朝日には、自分の体調がよく分かっている。元気と言ってもそれは七ヶ月の妊婦としてはということであって、馬を全力で走らせたりしたら、体の均衡を失って落馬してしまうのは目に見えていた。

「最悪の時には、お腹の子は流産する覚悟を固めなされ。朝日様さえご無事ならば、お子はまたいくらでも授かりましょうぞ」

朝日は三郎太の真情に打たれながらも、微笑して首を振った。七ヶ月も半ばを過ぎての流産ともなれば、母体の命もおぼつかないに決まっている。

「万一逃げ延びることができずに、武田勢に追いつかれたらどうなります」

「その時は、江元殿とこの三郎太が身命を賭してお守りいたしまする」

「江元様と三郎太がいかに武勇抜群とはいえ、先程見た限りではその手勢は二十名にも足りますまい。いずれは武田の兵が我が身に迫りましょう」

「その時は、恐れ多いことながら私が朝日様のお命を頂戴いたします。断じて生きて武田の手に落ちるようなことはござりませぬ」

「それからは、どうなります」

朝日はすでに覚悟が決まったように、落ち着いた声で言った。

「それは……」

三郎太はそのあとの言葉を呑み込んだ。

（菊原家や江元家の女達も、武田の兵の手から無事に逃れられるとは思えない。だが女中や下女ならば、たとえ見つかっても身包み剝がれて乱暴されるのがせいぜいで、命まで奪われることはあるまい。しかし、朝日様は一目で上級武士の妻女と分かる身なりだ。たとえ絶命していても、その衣服を剝ぎ取られることは避けられないのではあるまいか）

しかも、朝日は女人としてはまれに見る大柄な体軀をしている。武田勢の中に、石堂一徹の正室と気づく者がいても不思議はない。遺体を辱める乱暴者が出ることも、充分に考えられることなのだ。

その時、屋根に登っている八町輝元の上ずった声が聞こえた。

「武田の勢が、二町先まで迫ってござる」

「もはや、逃げる余裕はありませんね」

その落ち着いた表情から見ても、朝日にもすべての状況が分かりきっているに違いなかった。

「武田の兵の手に落ちることは、とても耐えられませぬ。私も両親に倣ってここで自害するしかありますまい」

「何とおおせられる」

なおも言葉を続けようとする三郎太を制して、朝日は居住まいを正して毅然として言った。

「これから私が申すことは、三郎太の主人、一徹の言葉として聞いていただきます。青葉と私の遺体の始末を済ませたあと、三郎太は江元様とともに敵中を突破して坂木へ逃げ延びてくだされ。敵は多勢といえども、江元様、三郎太の手勢は一騎当千のつわもの揃いでございます。足手まといさえいなければ、必ずや血路は開けましょう」

朝日は三郎太以下の命を救うために、自分の命を棄てようとしているのである。その凜として侵しがたい気迫に触れて、三郎太はぽろぽろと涙を溢れさせた。

「家来は主人のために死ぬものでございます。朝日様にむざむざご自害させたりしては、何の面目あって若の前に出られましょうか」

「三郎太の辛い気持ちはよく分かります。しかしこれはそもそも父の病気が重くなったために、私が見舞いに来たのが話の発端なのですよ。こんな私事のために、大事な家来衆を失うことなど思いも寄りませぬ。

三郎太と郎党達は、生き延びて石堂家のためにまだまだ働いてもらわねばならないのです。三郎太がここで死ぬことなど、一徹も望んではおりませぬぞ。死ぬは易く、生きるは難い。しかしここで歯を食いしばって生きることこそが、本当の忠義でございますよ」

外で、江元源乃進が大声で下知する声が聞こえた。早くも武田勢との間で戦闘が始まったのに違いない。

「長治、青葉を外へ連れ出してくだされ」

朝日は青葉を固く抱き締めてから、駒村長治にそう頼んだ。長治が青葉を連れて別室に去るのを見送って、朝日は唇を引き締めた厳しい表情で三郎太に向かい合った。

「まことに不憫ながら、青葉も私が連れて参ります」

「せめて青葉様だけでも、若のもとにお届けせねばなりませぬ。先程申したように、猿が背中に背負って馬を駆けさせれば、今からでも何とでもなりましょう」

「しかし、万一武田の兵の手に落ちたらどうなります」

青葉はまだ六歳であるが、両親揃って並外れて大柄であるためにまことに伸びやかな肢体をしている。愛くるしい表情も年齢以上に大人びていて、知らない者の目には七歳とも八歳とも見えるであろう。戦場の狂気に煽られた雑兵達にとっては、八歳の女児ですら獣欲の対象に成り得る。

それは、朝日にとって想像するだけでも耐えられないおぞましい事態であった。それが杞憂でないことが分かるだけに、三郎太も言葉に窮した。

その時、門の方から江元源乃進の鋭い下知と誰のものとも知れない悲鳴が聞こえた。どうやら本格的な戦闘が始まったらしい。

「様子を見て参ります。くれぐれも軽はずみな行動はお慎みくだされ」

三郎太がそう言い棄てて廊下に出ようとした時、背後で小さなうめき声がした。三郎太がはっとして振り返ると、いつの間に抜いたのか、朝日が自分の胸に懐剣を突き立てたところであった。

若草色の小袖に、ぱっと鮮やかな赤い血が滲んで、見る間に大きく広がっていく。抱き起こす三郎太の腕の中で、朝日は苦痛に顔を歪めながらも気丈に唇を動かした。

「三郎太、一徹様にお伝えしてくだされ。朝日は一徹様と過ごした日々が、生涯の幸せでございましたと。辛い役目とは分かっておりますが、青葉のことはよろしくご処置願いまする」

　朝日は肩で息をつきながらそこまで言って、ふっと微笑んだ。

「一息に心の臓を貫くつもりでしたのに、慣れないことはなかなかうまくいきませんね。どうやら急所を外してしまったようでございます。三郎太、どうか止めを刺してくださりませ」

　この出血の激しさでは、いずれは失血死は避けられまい。しかし心臓を外してしまったために、それまでは耐えがたい苦痛が続くであろう。三郎太は朝日が自分を見詰めて僅かに頷くのを見て、自分が死ぬより辛い決断をせざるを得なかった。

「ごめん」

　三郎太の大刀が胸を貫くとともに朝日の顔に苦悶の表情が走って、すぐに大柄な体ががっくりと前に倒れた。三郎太は朝日の口元に手をやったが、もはや呼吸の気配はなく絶命しているのは明らかであった。

　三郎太は悪鬼の形相のまま、血刀を下げて廊下へ走り出た。

「猿、どこにいる」

「こちらでございます」

三間ほど離れた部屋から駒村長治が青葉を抱いて出てきたが、三郎太の身辺に漂う凄まじい殺気に思わず立ちすくんだ。青葉は恐怖に身を震わせて、大声でわっと泣き喚いた。

「猿、青葉様をそこに降ろせ」

「どうなされます」

「いいから降ろせ」

長治は三郎太の鬼気迫る気迫に圧倒されて、おずおずと青葉を廊下に立たせた。次の瞬間、三郎太の大刀が青葉の胸に突き刺さった。絶叫した青葉は、三郎太が刀を引くとともに廊下に崩れ落ち、すぐに動かなくなった。

「何をなされます。青葉様は、私が命に代えても若の元にお届けしましたものを」

泣くように叫ぶ長治に、三郎太は押しかぶせた。

「猿、表のいくさが気がかりだ。そちらに参るぞ」

五

三郎太は廊下を走って玄関を駆け下りた。門の左右の塀に飯森信綱、八町輝元、鎌原太兵衛、小林行家が登っていて、弓を構えては矢継ぎ早に矢を放っていた。絶えず塀の外で悲鳴が上がるのは、武田勢に次々と被害が出ている証であろう。

源乃進は馬上から三郎太に気がついて、大声で叫んだ。

「市ノ瀬殿、この屋敷にこもるばかりでは武田勢に見くびられる。相手は佐久郡中込《なかごみ》郷の須江《すえ》玄衛門《げんえもん》じゃ。さしたる武名のある男ではない。拙者ともども門を開いて突出し、一働きして参ろうではないか」

少人数だからこそ攻勢を取らなければならぬというのが、源乃進の長い経験から来る知恵だった。屋敷にこもる江元勢の戦意が高いことを相手に思い知らせておかなければ、武田勢はかさにかかって攻めたててくるに違いない。

三郎太は頷いて自身も馬に乗り、小根沢新三郎と江元家の小者二人に合図をして門の門を外させ、左右の扉を大きく引き開かせた。

塀の上の四人が激しく援護の矢を放つ間に、三郎太、源乃進とその五人の郎党が門外に躍り出た。三郎太と源乃進の槍が激しく動いて三人、四人と突き倒す間に、郎党達もそれぞれが正面の雑兵を討ち取ったから、武田勢は思わぬ苦戦に動揺して後ずさりをした。

「江元源乃進の槍の味を思い知ったか」

源乃進がそう叫んで馬を進めると、武田勢は気押されてさらに二、三歩後退した。

その機を捉えて、三郎太と源乃進は馬腹を煽って突進しさらに何人かに死傷を負わせた。

思いもかけない屋敷勢の攻勢を受けて相手が浮き足立ったところで、源乃進は郎党達に命じた。

「退け」

郎党達が飛び込むのにつれて門が閉じてゆき、源乃進はほとんど馬体を両側の扉にぶつけるほどであった。武田勢は屋敷勢の意表外の行動に幻惑されるばかりで、とてものことに後を追うどころではなかった。

「うまくいった」

江元源乃進は手の甲で額の汗を拭いながら、三郎太に白い歯を見せた。

「武田が退きますぞ」

いつの間にか屋敷の屋根に登っていた駒村長治が、甲高い声でそう叫んだ。たしかに門の外の武田勢の声が遠ざかっていく気配がするではないか。

「我らの抵抗があまりに激しいので、兵を退いたのかな」

八町輝元が楽観的な見通しを口にしたが、江元源乃進は首を横に振った。

「いや、武田としてはさしたる支障もあるまいと思うて、いわば軽い気持ちで焼き働きを仕掛けてきたのだ。それが思わぬ反撃を食らったことで、ひとまず後退して態勢を整え、いくさだてを立て直してから再度襲来するであろうよ」

「私もそう考えまする」

三郎太はそう言ってから、この屋敷にこもる全員に聞こえるように叫んだ。

「実は、菊原ご夫妻、朝日様、青葉様はすでに自害なされております。それは、江元殿、三郎太と郎党達をここで死なせるには忍びない、決死の覚悟で敵中を突破し今後も一徹様に忠義を尽くしてもらいたい、という有り難いお心であります。武田が兵を退いた今こそ、四人の方の志を果たす千載一遇の好機でございましょうぞ」

「何と、菊原殿も朝日様も果てられたか」

その場に居合わせた全員に驚愕の色が走ったが、江元源乃進はすぐにこれも大声で言った。

「かくなるうえは、ここで武田と戦っても無駄死にとなってしまう。朝日殿、菊原殿の思いを汲んでここは退き上げ、石堂殿のもとに参ってこの敵討ちを成し遂げることこそ我らのなすべきことであろうぞ」

源乃進の言葉に、姉とも慕う朝日の死を知って首をうなだれていた郎党達の面に喜色が浮かんだ。

（守るべき四人がすでにこの世の人でないならば、一刻も早くここを立ち去って若と合流し、充分な兵力をもって弔い合戦をすることが望ましいに決まっているではないか）

「市ノ瀬殿、武田が戻って参る前にここを出立せねばならぬ。市ノ瀬殿も早う馬を召されよ」

郎党達が身支度を整えるのを見ながら、三郎太は落ち着いた声音で言った。

「私は四人の方の遺骸の始末をつけてから、あとを追いまする。ついては恐れ多いことながら屋敷に火を掛けることになりますが、それをお許し願えますか」

「むろんのことだ。どうせ空き家にして引き払えば、武田勢が散々略奪を働いた上で火を放つに決まっている。後はよろしく頼むぞ」

「猿はここに残って手伝ってくれ。江元殿、そちらのご一行には徒歩の郎党も多うございます。猿も私も馬で追いますれば、すぐに追いつけることと存じます」

「それでは、また会おう」

江元源乃進は自分の郎党四人と三郎太の郎党五人、それに江元家の小者三人の十二人を率いてあわただしく屋敷を離れた。本来ならば源乃進だけが馬乗りの武士であったが、馬をここに残していっても武田の手に落ちるだけなので、源乃進の郎党の三人はそれぞれ馬上にあって手綱を握っていた。

一行の姿が門から出て消えるのを待ちかねたように、三郎太は駒村長治を振り返った。

「我ら二人の馬を曳き出して、その辺に繋いでおいてくれ。俺は先に屋敷に戻っている」

長治が馬を玄関脇の梅の木に繋いで屋敷の玄関から廊下へと進むと、三郎太はすでに朝日と青葉の遺体を菊原夫妻の眠る部屋へと運び込んだところであった。

二人は、菊原夫妻を血まみれになった一組の蒲団に横たえて安置してから、朝日と青葉も同様に処置した。朝日も青葉も普段と違った苦悶の表情を浮かべているのが、駒村長治の涙を誘った。

「猿、火を熾してくれ」

三郎太はそう言って部屋を出て行ったが、すぐに菜種油の入った大きな瓶を抱えて戻ってきた。そして二組の蒲団の上に、周囲の襖を荒々しく外して掛け重ねた。

「これでよい。後は俺がやる。猿、お前は先に行け」

三郎太の言葉は、駒村長治がひそかに恐れていたものであった。長治は黙って三郎太の怖いほどに引き締まった表情を眺めていたが、ついに意を決して言った。

「それで、お花様にお伝えする言葉は」

三郎太はふっと微笑した。

(自分の決意を、猿はとうに見抜いているのだな)

「よんどころない成り行きとはいえ、俺は朝日様、青葉様、錦吾様、ひさ様の四人ながらに手に掛けてしまった。いまさらどの面下げて、若の前に出られようか。かくなるうえは、四人の方が無事に三途の川を渡られるまで警護するのが、俺の役目であろうよ。

それでは、まず菊原ご夫妻の最期について、若にこう伝えてくれ。菊原殿は、体の自由が利かぬ自分が皆の足手まといとなって味方が全滅することを恐れて、自害を決意なされた。ひさ殿は、それに殉じられたのよ」

三郎太の表情からは気負いが消え、死を決意した者だけが持つ透明な輝きに満ちていた。

「俺としては朝日様と青葉様は何としてでも落とすつもりであったが、朝日様は猿も聞いていたように、ご自身を守るために我らが犠牲になることを案じてご自害の決意をなされた。そしてその最期の言葉は、『三郎太、一徹様にお伝えしてくだされ。朝日は一徹様と過ごした日々が、生涯の幸せでございましたと』であった」

三郎太はここで一息ついて、穏やかな調子で続けた。

「お花には、こう伝えてもらいたい。俺の一生には、この上ない幸せが二つあった。一つはお花に巡り合い、夫婦になれたこと、そしてもう一つは、若という世に二人といない名将にお仕えすることができたことだ。だが、惜しむらくは若にお仕えした歳月はあまりにも短か過ぎた。

そこで、お花に頼みがある。虎王丸を誰にも負けない腕白で気の強い子供に育てて欲しい。そして七歳になったら、鈴村様にお願いして武芸の稽古を始めるのだ。元服したのちには、若の郎党に取り立ててもらえ。後は若にお任せすれば、何も案ずることはないぞ」

三郎太と花の睦まじい夫婦仲を知る駒村長治は、途中からぽろぽろと涙を流しっぱなしであったが、そんな姿を見た三郎太は声を荒らげて言った。

「早く行け。甲冑を身につけていない猿は、武田勢に出くわしたらひとたまりもないぞ」

長治は涙を拭いて立ち上がった。自分が武田勢に討たれてしまえば、朝日や三郎太の見事な最期が、一徹にも花にも伝わらないままに消えてしまうのである。

「それでは、さらばでございます」

長治は三郎太に愛惜の思いのこもった視線を投げてから、背を向けて激しく玄関を飛び出した。首を垂れて梅の葉を食んでいる愛馬に軽やかな身のこなしで飛び乗ると、手を伸ばして三郎太の馬の手綱を摑んだ。三郎太の形見であるこの馬を、武田の手に渡すことはできなかった。

その間に、三郎太は二組の蒲団の周囲に手早く油を撒いて火をつけた。最初はちょろちょろだった火は、すぐに激しく燃え上がって天井に届いた。あとしばらく時間を稼げば、火は屋敷全体に回ってもう消し止めることはできまい。

三郎太は廊下に出て玄関に向かった。玄関の次の間には、武家屋敷の常として天井に槍を置く木組みがあり、三郎太はそこから五、六本の槍を取って玄関脇の大きな岩に立て掛けた。さらに屋敷に戻って四本の刀を探し出すと、抜き身にして地面に突き立てた。

何人かを倒すうちには槍が折れることもあり、また大刀も何人かを切るうちには刃に脂が回って切れ味が鈍る。一人でも多くの武田勢を死出の道連れにしてやろうと覚悟を固めている三郎太にとっては、たとえ槍が折れても刀の刃がこぼれても、戦闘をやめるわけにはいかなかった。

弓を手にして身構えている三郎太の背後からは、屋敷がごうごうと燃え盛る物音がひときわ高く湧き上がって背中が熱いほどであった。その音にかき消されて武田勢が押し寄せてくる地鳴りのような響きは聞こえなかったが、すぐに開け放たれている門の間から敵兵がなだれ込んできた。

屋敷が燃えているのを見て、中にこもっていた武士達が火を放って退散したと判断したのであろうが、そこには三郎太が悠然として待ち構えていた。三郎太が矢継ぎ早に放つ矢を浴びせられて、たちまち三人、四人が悲鳴を上げて倒れ込んだ。

「敵は一人ぞ」

そう叫んで駆け寄ろうとする武田勢を、三郎太は手を上げて押しとどめた。

「我こそは村上家第一の武勇を謳われている石堂家にあって、その名を知られた市ノ瀬三郎太である。石堂家の槍の味は、ひりりと辛いぞ。命が惜しくない者は、この槍を食らってみよ」

相手が石堂一徹の片腕として世に名高い市ノ瀬三郎太と知って、思わずたじろぐ者もあったが、何といっても多勢に無勢である。

（数を頼んで押し包んでしまえば、いかに三郎太が剛勇でもひとたまりもあるまい）

そう思った武田勢が我先にと突っ込んでくるのを、三郎太は一瞬に相手の強弱を読んで強い者から順に次々と穂先に掛けていった。

三人目に槍を付けた時、大刀を振りかざした武士が手元に躍り込んできた。三郎太はとっさに槍を強く相手に押しつけて手を離し、腰の大刀に手を掛けると抜く手も見せずにそのまま下から斜め上へと切り上げた。

相手の右腕が、血煙とともに大刀を握ったまま宙を飛んだ。

三郎太は武田勢がたじろぐ隙に、素早く背後の槍の一本を手にして身構えた。

「お花、俺の武勇を見てくれ！」

三郎太はそう叫んで、敵の中に駆け込んだ。すでに命はないものと覚悟を決めているこの男にとっては、ここで自分の最期にふさわしい獅子奮迅の働きをしてみせ、三郎太という男の存在を後世に伝えたいというのが唯一つの願いであった。
三、四人を倒したところで、三郎太は背後から右肩を突かれてよろめいた。しかし振り返りざまにその相手の胸板を貫いた三郎太は、噴き出る血潮にもまったく動ずる色もなく平然と叫んだ。
「こんな浅手で俺が死ぬかよ。あと二、三十人は道連れにしなくては、もったいなくて冥土にも行けぬわ」

三郎太は槍を構えつつ、不敵な笑いを浮かべて屋敷の中に侵入している五十名ほどの武田勢を眺め渡した。

「死ね！」

絶叫して踏み込んでくる三人に対して、鍛え上げた三郎太の槍が鮮やかにきらめいた。


北国街道を西に向かって馬を走らせながら、駒村長治は涙が止まらなかった。江元屋敷にこもってからずっと三郎太のそばにいたこの男には、あの若者の悲愴な覚悟が痛いほどに分かっていた。

長治は三郎太が好きでたまらなかった。あの爽やかな若者は戦場では一徹の申し分のない片腕であり、普段はさっぱりとした明るい性分で郎党達をしっかりと統率していた。

だが、それだけではない。長治には他の郎党達とは違った思い入れがあった。それは、

（若と三郎太様だけが、本当に自分という人間の価値を評価してくれている）

という実感であった。

（猿には他の者には真似のできない異能がある、それを生かして使うのが上に立つ者の腕だ）

という認識が、あの二人にはあった。そして駒村長治の身分では、一徹は個人的な悩みを打ち明けるには恐れ多く、どうしても三郎太に相談するのが常であった。

長治にとって三郎太は、どんな時にも頼りになる兄貴であった。だがその兄貴は二百人の武田勢を相手にたった一人で華々しく戦い、今頃はもう壮絶な死を遂げているのに違いあるまい。

長治は時々後ろを振り返ってみたが、武田勢の姿は目につかなかった。

（恐らく武田としては、小室の焼き働きだけが今日の目的なのだろう）

江元屋敷から一里ほどのところで、駒村長治は江元源乃進の一行に追いついた。馬上が長治一人なのを見て取った飯森信綱が、吠えるように叫んだ。

「三郎太様は？」

駒村長治は無言のまま首を横に振った。誰もが半ばは予期していたのであろう、それぞれに首を垂れて言葉もなかった。

「江元様、私は先を急いで若にこの事態を報告いたしとうございます」

駒村長治は八町輝元に三郎太の馬の手綱を渡すと、誰にともなく一礼して馬を駆けさせた。

（坂木の石堂家の役宅までは、まだ七里の道のりが残っている。若に会えるのは、もう夜も更けてからだろう）

ところが僅か一里ほど進んで海野宿を越えると、向こうから四、五十人ほどの武装した武士の一団がやってくるではないか。しかも先頭に立つ大兵の武士の乗る馬は、一際目につく白馬である。石堂一徹の愛馬、白雪に間違いあるまい。

駒村長治は一徹のもとに駆け寄って、馬を降りた。

「若、武田勢の焼き働きでござる。江元殿の屋敷にこもって防戦いたしましたが、多勢に無勢、朝日様、青葉様、菊原ご夫妻はご自害。江元様とその郎党の方々、三郎太様の郎党の方々は武田の攻撃の合間に脱出してこちらに向かっております。ただ三郎太様は、『四人の方々を三途の川までお守りする』と申して屋敷に一人踏みとどまっておられます」

長治は一徹の前に片膝をついて、これまでのいきさつを手短かに物語った。菊原錦吾夫妻の自害のあたりから聞き入る皆の嗚咽が聞こえ始め、朝日の自害に至っては語る長治も涙、聞く郎党達も声を上げて泣きじゃくった。

「それで、三郎太は」

一徹は辛うじて涙をこらえながら、長治に先を促した。

「三郎太様は、『よんどころない成り行きとはいえ、俺は朝日様、青葉様、錦吾様、ひさ様の四人ながらに手に掛けてしまった。いまさらどの面下げて、若の前に出られようか』と申されました。そして私に、朝日様から若に、三郎太様からお花様に伝える言葉を託されて、脱出する機会はありながら一人屋敷に残られたのでございます」

朝日と三郎太の遺言を聞いた一徹は、身を震わせて立ち上がった。

「三郎太の馬鹿めが。朝日の言う通り、生きていてこその忠義ではないか。それで、それはどれほど前の話だ」

「馬で二里の道を駆けてきたのですから、まだ半刻にはなりますまい」

「ならば、まだ三郎太が死んだと決まったものではあるまい。急いで江元殿の屋敷に駆けつけようぞ」

一徹が厳しい面持ちで馬に乗ろうとするのを、六蔵が駆け寄って押しとどめた。

「武田勢は二百というではござらぬか。味方はまだ五十人ほどしか揃っておりませぬ。

与力の衆達が坂木から次々と駆けつけてくる途中であれば、もうしばらく待って態勢を整えるべきでありましょう」

「何を申しておる。三郎太を見殺しにできるか」

「むろん三郎太が生きている見込みがあるならば、万難を排してでも駆けつけねばなりませぬ。しかしすでに猿と別れてから半刻近くが過ぎ、徒歩の者が多い以上、どんなに急いでも我らが江元屋敷に到着するまでにはさらに半刻はかかりますぞ」

「ええい、ならば六蔵は後から追って参れ。俺は三郎太が生きておれば救出する、生きていなければただちに仇討ちをする、それ以外の存念はない。ついてくる者だけでよい、直ちに出立だ」

いつもは沈着冷静な一徹が、感情をあらわにして六蔵の進言を退けることなどめったにあることではなかった。

三郎太を思う一徹の真情に触れて、郎党達は一斉に「おう」と叫んで立ち上がった。六蔵もすぐに馬に飛び乗った。この男にとっても、三郎太を失うことは自分の片腕を切り落とされるほどに辛い思いであり、一徹の気持ちは痛いほどに分かっていた。

海野宿を過ぎて間もなく、江元源乃進率いる一行がやって来るのに出会った。源乃進は一徹の背後に宗治、直治の二人の息子とその郎党の姿を見つけて勇気百倍し、すぐに一徹を案内しつつ大里村への道を引き返した。

遠望する菊原家の屋敷とおぼしきあたりからは盛んに煙が上がっていたが、周囲には武田勢の姿はなく、江元屋敷はすでに焼け落ちて淡い煙が立ち上るばかりであった。一徹は源乃進と肩を並べて、固く引き締まった表情で焼け残った江元屋敷の門を潜った。

六

江元屋敷の門の内外には、三十人ばかりの死骸が転がっていた。普通ならば撤収時に味方の遺体を収容していくものだが、今回は一徹達の到着が予想外に早かったために、武田勢としてはそうした余裕もなく退き上げてしまったのであろう。

その中に、三郎太の遺体が見つかった。だが最初は誰もが、

(具足が地上に放置されている)

としか思わなかった。なんとなれば、その遺体には首はもちろん手も足もなかったからである。

具足を脱がせてみると、胸に見覚えのある刀傷があることから、それが変わり果てた三郎太であることが判明した。

首がないのは手柄の証拠として持ち去ったのだと推測がつくが、手や足まで切り離

したのはなぜであろうか。

　ここを最期の場と思い定めた三郎太の阿修羅のような奮戦はあまりにも凄まじく、ついに絶命して動かなくなっても、武田勢としてはいつ三郎太が生き返って暴れ出すのか恐ろしくてたまらずに、手足を切断してしまったのに違いない。

「我々がここを引き払った時には、敵の遺体は十人ほどであったと思われまする」

　江元源乃進は、声を潜めてそう言った。だとすれば、残りの二十人は三郎太が一人で討ち取ったことになる。武田勢としては三郎太の力戦奮闘ぶりはとても人間業とは信じられず、悪鬼の化身としか思えなかったであろう。

「しげ、のぶ、三郎太を骨にしてやってくれ」

　一徹は変わり果てた三郎太の姿に嗚咽をこらえながらそう命ずると、振り返って駒村長治の姿を求めた。

「猿、菊原ご夫妻、朝日、青葉のいた部屋はどのあたりだ」

　長治は玄関の位置から推測して、まだ僅かに煙が立ち上っている一角を指差した。すぐに郎党達が躍り込んで、うずたかく盛り上がった焼け跡を片付け始めた。

　たちまち四人の遺体が次々と掘り出された。菊原夫妻、青葉ともきれいに焼き上がって白い骨になっており、三郎太の処置が万全だったことが見て取れた。

　ただ朝日の遺骸だけは腹部のあたりに僅かな焼け残りがあり、薄い煙を上げてくすぶっているではないか。

一徹は駆け寄って覗き込んだ。朝日の骨盤の中に小さな頭蓋骨があり、縮こまった手足があって、まぎれもなく七ヶ月の胎児のそれであった。腹部のあたりは黒焦げになりながらもわずかに肉が残っており、必死になって凝視していた一徹は、そこにあるものを発見して大きくうめいた。

「男児だ。これは、桔梗丸《ききょうまる》ではないか」

一徹は子供の性別にこだわるつもりはなかったが、石堂本家の当主としては早く跡取りとなる男児が欲しいという思いは当然ある。それに今回は、朝日から懐妊を告げられた時から、生まれてくるのは男ではないかという強い予感がしてならなかった。

（誕生が八月半ばだとすれば、庭には桔梗の花が咲き乱れているであろうな。よし、幼名は桔梗丸と名付けよう）

ひそかに名前まで用意して初対面の日を待ちわびていたのに、愛児とこのような悲惨な出会いになろうとは思いもよらないことであった。朝日と桔梗丸の骨をじっと見詰めていた一徹は、やがて身を震わせながら、

「ウォー、ウォー、ウォー」

と三声大きく吠えた。それは魂の底から迸り出たとしか表現の仕様のない絶叫であった。

誰もが声を掛けることもできずに立ちすくんでいたが、しばらくして振り返った一徹の表情はいつになく強張っていて、目にも口元にも固い決意が浮かんでいた。

「猿、武田勢がどこに退き上げたか探って参れ。それから江元殿、この村の寺はどこでござるか。住職を呼んで、六人の回向《えこう》をしなければなりませぬ」

郎党達の手で桔梗丸の遺体の上に木材が積み上げられ、居並ぶ者達が無言で見守るうちに胎児の骨が焼き上がる頃になって、ようやく法衣に身を包んだ太り肉《じし》の住職が姿を見せた。そこへ駒村長治が、馬を自在に操って駆け戻ってきた。一徹は厳しい表情で長治の報告を聞いた。

「焼き働きを行った武田勢は、北大井村の東まで退き上げてござる」

「この村に焼き働きを行った者達に間違いないか」

「先頭の武者の馬印に見覚えがございます。なおそのさらに東には武田の大軍が進出してきており、その中に武田菱の旗印が見えております」

「武田信虎自身が出馬か」

一徹は唇を噛んだが、すぐに強い光をたたえた眼で周囲の者に語りかけた。

「俺は直ちに出撃する。これは殿の指揮下で行う戦闘ではなく、俺の個人的な思い入れで勝手にやるいくさだ。勝ち負けなど考えてもおらぬ。だから、無理について来いとは言わぬ。菊原殿ご夫妻、朝日、青葉、三郎太の仇を討ちたいと念じている者だけが後に続いてくれ」

「何を水臭いことを申されますか。我らは戦場では石堂殿の与力であればこそ、幾多の功名を立てることができたのでござる。ご妻子様、市ノ瀬様を討たれた石堂様の無念を思えば、今こそ日頃の大恩に報いる時でござります」

言葉を返した倉島正継《くらしままさつぐ》は石堂村に近い更級郡大岡《おおおか》郷に知行地を持つ地侍で、坂木の村上館に出向く折などに石堂屋敷に立ち寄ることが多い朋友であった。年齢も一徹に近く、今回も石堂家の大事と聞いて取るものもとりあえずに駆けつけたのは、損得抜きのまったくの友誼《ゆうぎ》によるものだ。

早くも立ち上がって馬に乗ろうとする一徹の袖を押さえて、鈴村六蔵は言った。

「お待ちくだされ。若のお気持ちはもっともながら、明日には殿もご出馬でござろう。武田信虎もすでに佐久まで出陣とあれば、ここは自重なされて目の前の大決戦に備えるべきでございましょうぞ」

だが、一徹は強張った表情を崩さずに叫んだ。

「俺は妻子とその両親、さらには片腕と頼んでいた三郎太までを失ったのだぞ。その敵を目の前にして仇を討たなければ、人は我を臆病者と笑うであろう」

倫理観などさらにない時代であったが、それでも武士の世界には『武士の美意識』が根強く残っていた。それは、

（家来は主君のために従容《しようよう》として死ぬべきであり、主君は体を張ってでも家臣を守らなければならぬ）

ということであった。三郎太が見事に石堂家に殉じた以上は、今度は一徹がその仇を討ってやらなければ主君としての道に外れてしまう。六蔵は黙って頷いた。

一徹は住職を振り返ると、口元を厳しく引き締めて吠えるように叫んだ。

「弔い合戦こそが、亡くなった者への何よりの供養でござる。御坊は読経を済まされてから、六人の骨を拾って寺に祀ってくだされ」

時刻はすでに未の刻（午後二時）を回っていたが、陽射しはまだまだ強く小室の山野を覆っていた。田植えが終わった水田ではようやく伸び始めた苗が爽やかな風にそよぎ、小波が渡る水面のきらめきが眩しい。

先頭を行く石堂家花の十八人衆は三郎太が欠けているが、その穴は鈴村六蔵の嫡男の和正《かずまさ》が埋めていつもの陣形のままであった。

半刻の後に、一徹は馬を止めた。五町ほどの前方の小山に、二百名足らずの武田の軍勢がこもっている。その遥か彼方の山稜には、数千の武田勢が陣を張っているのが遠望できた。

「あれこそが、大里村に焼き働きを仕掛けた武田勢でございます」

長治の言葉に、一徹は大きく頷いて背後の者達に叫んだ。

「今日のいくさには、駆け引きも何もない。ただひたすらに駆けて、一人残らず討ち滅ぼすまでだ」

一徹はそう言うなり、馬腹を蹴って全力疾走に移った。大将が先頭を切って駆けるのを見て、従う七十名もえいえいと掛け声を上げてそれに続いた。

村上勢がこんなに早く反撃に出るとは予想していなかったのであろう、目の前の武田勢に混乱が起きるのが見てとれた。陣形を取る暇もなくばらばらと駆け出してくる武田勢に、早くも一徹の槍が一閃した。

たちまち、あたりに乱戦が巻き起こった。不意打ちを仕掛けた石堂勢が優位ではあったが、何しろ兵力には三倍近い差がある。武田勢は一時の狼狽から醒めると、石堂勢を周囲から押し包むようにして攻め立ててきた。

石堂勢は少しも臆することなく立ち向かったが、中でも石堂一徹の働きは凄まじかった。いつもは常に冷静に精緻華麗《かれい》な戦いを演ずる一徹なのに、今日ばかりはまさに狂気そのものに荒れ狂っていた。

「三郎太を殺したのは、お前か。それともお前か」

その一言ごとに、騎馬武者も雑兵も一徹の槍先にかかって弾け飛んだ。その戦いぶりには三郎太に寄せる哀惜の念が溢れていて、そのことが石堂勢の闘志をいやがうえにも掻き立てた。

郎党達は普段のいくさでは一徹の身辺を守るのを最優先で行動しているのだが、今日ばかりは自ら敵を求めて戦っていた。いつしか郎党達も知らず知らずのうちに、

「三郎太様を殺したのは、お前か。お前か」

と叫んで夢中で槍を振るった。無駄に敵を殺すことを嫌う一徹にとって、このように殺戮《さつりく》をほしいままにするいくさは、かつてないことであった。

いつもは武器を持って戦うことのない駒村長治までが、夢中になって敵に向かっていた。押鐘信光が馬の背に括りつけて運んできてくれた鎧櫃《よろいびつ》の中には、常に百本の小柄が収められている。長治はその小柄を十本ずつ布に包んで懐に入れ、そのうちの一つを左手に持ち、近づく敵の武者に右手から目にも止まらぬ速さで小柄を放った。

小柄には、甲冑を貫くだけの威力はない。狙うのはただ一つ、頰当（頰から顎までを覆う鉄製の防具）の上から覗いている敵の目であった。

その小さな的に当てるためには、相手の槍が身に迫る直前まで接近しなければならない。だがこの時、長治のたぎりたった心には恐怖心のかけらもなかった。

この思いがけない攻撃に、たちまち何人もの武士が絶叫を残して馬から転げ落ちた。

「朝日様、青葉様、三郎太様」

敵の一人に的中させる度に、長治は天に向かって叫んでいた。

武田信虎は、本陣にあってこの石堂勢の戦いぶりに首をかしげていた。信虎が知る限りでは一徹は小憎らしいほどにいくさの駆け引きがうまく、軍勢を手足のように組織的に動かしては味方の損害を最小限に食い止めつつ、大勝を収めるのが常なのである。

(今日の石堂一徹はまったくの猪武者で、ただ目の前の敵に対して暴風のように荒れ狂っているばかりではないか)

そして七十名ばかりの手勢も一徹の指揮下にはなく、それぞれがてんでんばらばらに死力を尽くして戦っている。少数とはいえ手練《てだ》れの者が揃っているには違いないが、浮き足立っている須江玄衛門の手勢では到底その鋭気に当たるべくもなく、たちまち劣勢に追い込まれていく。

「誰か救援に向かわせましょうか」

甘利虎泰が渋い顔でそう進言したが、信虎は首を振った。

「なぜだか分からんが、今日の石堂勢は死兵よ。全員があの戦場で死ぬ覚悟で戦っておる。ここで千人の兵を繰り出せば石堂一徹の首は取れるであろうが、あの七十人を討ち取るためには、我が軍はその十倍の被害を覚悟しなければならぬ。

あのような死兵は相手にするものではない。とりあえず内藤豊昌《ないとうとよまさ》の手勢を前進させ、須江の敗兵を引き取らせよ。内藤にはくれぐれも石堂勢に掛からぬように命じておけ。石堂一徹はあの百に足らぬ小勢では、まさか二千の内藤勢にまでは挑んで参るまい」

千軍万馬《せんぐんばんば》の信虎の読みは確かであった。一徹は須江勢を吸収するために内藤勢が進出したのを見て取ると、すぐに手勢を纏めて退却に掛かった。

この時点では、

(石堂一徹は先陣で、そのすぐ背後には村上義清が進軍してきている)

と信虎は思っていたから、一徹を追う気持ちはさらになかった。


大里村に帰る石堂勢の意気は、軒昂たるものがあった。百七十対七十の劣勢ながら百数十名の敵を討ち取り、味方の被害は十名にも満たなかった。

だが先頭を行く石堂一徹の姿は、いつになく凄惨なものであった。顔にも右腕にも左太股にも手傷を負い、特に右腕からは甲冑を覆うほどに血が流れていた。

一徹はどのいくさでも先頭に立って強敵ばかりを選んで戦いながら、負傷することのきわめて少ない武将であった。それは、この大男の武芸の師匠である鈴村六蔵の教育によるところが大きかった。

六蔵は、一徹がその卓越した武芸と抜群の体力から、ともすれば若さに任せての一騎打ちに走ることを恐れた。

『若はいずれは、一方の将となるお方でござる。将にとっての最大の務めは、たとえ負けても命を永らえることでござるぞ。十人の敵を倒しても十一人目に討ち取られてしまうというのは、将の戦いではありませぬ。たとえ五人の敵しか倒せなくても無事に帰還するのが、将の果たすべき役割でござる』

初陣からしばらくは一徹も功名を立てるのが面白くてたまらず、六蔵の言葉も耳を通り過ぎるばかりであったが、村上家の中で自分の存在が重みを増すにつれて、その教えが身に染みるようになっていった。

いくさに負けても、生き延びてさえいれば次の機会に汚名をそそぐこともできる。だがどんなに大勝しても命を落としてしまえば、その功名すら空しいものになってしまう。

特に石堂家の場合、花の十八人衆の無類の強さもその中心に一徹がいればこそのもので、兄の輝久には到底代わりは務まらない。個人の武勇でも戦略でも戦場の駆け引きでも、一徹の力量は衆に抜きん出たものがあって、この男なしには村上家のいくさは成り立たないところまで来ている。

従っていかにも豪胆不敵《ごうたんふてき》な戦いぶりに見えながら、一徹は自分の命を危険にさらすような冒険は慎重に避けていた。よそ目には互角の勝負に思えても、一徹は常に間一髪の余裕を残して自分の間合いで戦うように努めていたのである。

だが、今日ばかりは違った。一徹は防御を二の次にして、相手に対する強烈な攻撃に終始していた。手傷は三、四ヶ所ながら、甲冑のあちこちが相手の槍や刀の刃を受けてささくれ立ち、縅《おど》す糸が切れて何ヶ所も小札《こざね》が剝落しているのも、普段は見られない光景であった。

そして何よりも異様だったのは、圧倒的な勝利を収めながらもその表情が敗軍の将のように険しいままだったのである。

菊原夫妻、朝日、青葉、桔梗丸、三郎太の遺骨は焼き討ちを免れた水明寺《すいめいじ》にすでに安置されていて、一徹の軍勢はひとまず本堂に上がって休息を取った。兄の輝久が坂木から後を追ってきており、先発部隊のために大量の兵糧、医療品を運び込んでいた。

「一徹、まことに残念であったな」

朝日と青葉に対する悔やみの言葉も掛けにくいほどに、一徹の表情は沈鬱であった。

荷駄の者達に夕餉の支度を申しつけてから、輝久は庫裡《くり》の一室を借りて早速一徹に甲冑を外させ傷の手当てに掛かった。鎧直垂《よろいひたたれ》を脱いで下帯一つになった一徹の体を見て、輝久は息を吞んだ。

顎と頰の傷はたいしたことはないが、左太股の槍傷は骨や筋は外れているもののかなり深く、右上腕部の刀傷は浅手ながらも範囲が広くて、普段血色のよい一徹の顔色が青ざめていることからしても、相当の出血があったものと思われた。

気丈な一徹だからこそ平静を装ってはいるが、現在でもその苦痛は常人には耐えがたいほどのものに違いなかった。

輝久は手早く用意してきた焼酎で傷を洗い、石堂膏を塗り込んでは重ねたさらしを当て、さらにその上からさらしを巻いていった。

口だけを残して顔の下半分をさらしが覆い、右腕は首から吊り、膝を曲げると太股の傷に響くために両足を投げ出して壁に寄りかかっている一徹の姿は、いつもの生気溢れるたたずまいからは程遠かった。

郎党の者達もそれぞれに手傷を負っていて互いに手当てはしたが、一徹に比べればほんの軽傷で明日にいくさがあっても支障はあるまい。問題は一徹であった。傷口が塞がるまでには、少なくても十日は掛かるであろう。

三郎太を失った上に一徹が先頭に立てない石堂勢など、どうやって戦えばいいのか想像もつかずに、郎党達は互いに顔を見合わせるばかりで押し黙っていた。

輝久の話によれば、村上義清は今日一杯かけて兵を集め、明日の早朝に坂木を発って小室に向かうということであった。だとすれば村上勢の到着は明日の夕刻、いくさは早ければ明後日にも起きるであろう。

「六蔵、寺の周辺に大掛かりに篝火を焚け。殿の軍勢がすでにここに到着しているように見せかけねばならぬ。今晩は不寝番を置き、武田の動きを見張らせよ。それから今日の状況を俺が口述するからそれを書面に纏め、夜を駆けて殿のもとへ届けるのだ」

現在この水明寺近辺に集まっている村上勢は、戦力としては二百名がせいぜいである。この状態で武田に夜討ち、朝駆けを仕掛けられてはひとたまりもあるまい。本来ならば塩田平あたりまで退きたいところなのだが、一徹の負傷の状況では馬上で移動すればまた傷口が開く恐れがあって、今晩はここにとどまる他はなかった。

「残念ながら、今はこの場所から動けぬ。兄上、住職に頼んでこの部屋に祭壇を設け、六人の遺骨を祀ってくだされ。ここでゆっくりと回向をしながら一晩を過ごしたい」

寺の小坊主達の手で祭壇が組まれている間に、荷駄の者達が夕餉を運んできた。気分が消沈していた郎党達も、熱い汁が空き腹に染み通るにつれてようやく人心地がついた。

七

村上義清は水明寺に到着して馬を降りると、出迎えた軍勢の中に鈴村六蔵を見つけて声を掛けた。

「六蔵、一徹はどこにいる。元気か」

一徹からの書状は、今朝の出発前に手にしている。ひそかに恐れていたことではあったが、武田信虎が小室に進出して焼き働きを行い、一徹の妻子とその義両親、片腕と頼む市ノ瀬三郎太の命を奪ったという事実は、義清に強い衝撃を与えた。

その原因は一徹には内密にして室賀光氏に行わせた焼き働きにあるのだから、一徹が義清を恨むことは並大抵のものではないと覚悟しなければならなかった。

今となっては詮無いことだが、もし義清が一徹にあの計画を打ち明けていたら、もちろん一徹は反対したであろう。しかしそれでも義清が強行する意志を表明したとすれば、あの並外れた戦略眼を持つ男は、武田が室賀光氏に向かうよりは一気に義清の本拠の坂木を目指して、まずは小室に押し寄せてくる可能性が強いことを示唆したに違いない。

それを耳にすれば義清も手元に残してある軍勢を小室に差し向け、武田の侵攻に備える態勢を取ったであろう。だが現実には、

（武田は村上との武力衝突を望んでいない。村上領に踏み込むことは避けるはずだ）

という思い込みが、結果としては石堂一徹の妻子とその片腕を失わせてしまった。

書状の文面は簡潔に事実を述べているだけだが、一徹の怒りは村上義清への遺恨となって沸騰しているのに違いない。

今では、一徹は村上勢の軍事力の過半を占めると言っても過言ではないと義清は思っている。その一徹の恨みを買ってしまっては、村上家はどうなるのか。

だが義清の後悔の根は、もっと深いところにあった。

（いつの頃からか、俺は一徹の度々の提言を疎《うと》ましく思うようになってきた。その内容が理にかなっているだけにあえて反論することはできなかったが、いかにもあの利口ぶった物言いが気に入らなかったのだ）

この戦略家は自分が知恵を貸してやらなければ、村上家は武田によって滅ぼされてしまうと思い込んでいるのであろう。

（そんな馬鹿なことがあってたまるか。一徹の力など借りなくても、俺は俺のやり方で武田を打ち破って見せてやる）

そうした思いが、独断で焼き討ちを行って武田を挑発する行動に踏み切らせたのだ。その義清の決断がこのような最悪の結果を呼ぼうとは、夢にも思わぬことであった。

義清は六蔵に案内されて、一徹が療養している庫裡の一室に入った。主君の姿を認めた一徹が急いで足を組んで挨拶の姿勢を取ろうとするのを、義清は手を振って止めた。

「そのまま、そのまま」

義清は、足を投げ出している一徹の前に胡坐を組んだ。

「一徹、済まぬ。この度のことは、すべてこの義清の不徳の致すところだ。妻子と片腕を失った一徹に、許してくれと言っても聞き入れてはもらえまいが、今度ばかりは俺もこたえた。これからは、何事にも一徹の意見を尊重していきたい。それでさし当たっては、まず武田と和議を結びたいと思っているが、いかがであろうか」

「和議でございますか」

思いがけない義清の言葉に、一徹は思わず声を上げた。

(相手を挑発しておいて、それも相手がそれに乗って目論見通りのいくさになろうとしている今、こちらから和睦を申し入れるとはどういうことであろう)

「一徹あっての村上勢よ。一徹が負傷して戦場に出られないならば、武田と戦っても勝ち目はない。ならばここは下手に出て和議を結び、一徹の弔い合戦はその傷が癒えてから存分に行えばいいではないか」

だが一徹は義清のそんな勝手な言葉には耳も貸さずに、力のこもった声で吠えるように叫んだ。

「和議など殿のお好きになされるがよい。それよりもこの一徹、今日この場でお暇《いとま》をいただきまするぞ」

「暇となし

義清はそう言ったまま絶句して、次の言葉が出なかった。すぐ横に控えている輝久や六蔵、郎党達も、ぎくりとして思わず身を乗り出した。

一徹は激した感情を隠さずに、叩きつけるような口調で続けた。

「むろん殿から拙者が拝領した一千石は、そっくり返上いたしまする。ただ石堂村は石堂家の本貫でござれば、兄の輝久が石堂本家を継いで今まで通りに村上家に仕えることをお認めいただきたい」

「暇など許さぬ。一徹がいなくなったら、村上家はどうなる。今回のことは、まことに済まぬと思うておる。望みがあれば何でも言ってくれ。金や領地では一徹の気が済まぬであろうが、それならどうすれば納得がいくのか。この義清の手にあるものならば、何でも一徹に遣《つか》わすぞ」

義清はいまさらのように村上勢の中での一徹の重みを痛いほどに感じて、我を忘れて掻き口説いた。だが普段は礼節を重んじる一徹なのに、今は顔をそむけたまま返事もしなかった。

一徹は義清を信濃の国主とするために、十年の余も粉骨砕身して戦ってきた。それは自分の夢を実現するための遠い道のりには違いないが、義清にとってももっとも好ましい結果に繋がるものではないか。一徹は自分の判断や行動に、一切の私利私欲を絡めてはいない。

（なのに殿は俺に隠れて独断専行し、この最悪の結果を招いてしまった。もう少し大きな器量のある武将と信じていたが、殿は結局、信濃の大豪族までが精一杯の器だったのだ。俺はもう、自分を受け入れられなくなったこの男に仕えていくことはできぬ。朝日、青葉、桔梗丸、三郎太だけではなく、俺はこの十年のすべてを失ったのだ）

一徹はこの男には珍しく、ほろほろと涙を流しながら身を震わせていた。

（俺が、何で殿から疎《うと》んじられなければならないのか。俺が一体何をした）

八

一徹は、馬の足を緩めて空を仰いだ。梅雨も明けて、信濃の空は初夏の陽光が眩しいまでに溢れていた。鎧櫃二つと槍二本、それに一徹と六蔵の身辺の物を包んだ柳行李等を積んだ馬を駒村長治が引いて先頭に立ち、旅装を調えた一徹がそれに続き、鈴村六蔵がいかにも後見役らしく最後尾に従っていた。

道は千曲川の堤防の上を細く続いている。甲斐、武蔵、信濃の境である甲武信ヶ岳《こぶしがたけ》に源を発して果ては遠く日本海に注ぐ千曲川は、このあたりではまだ半ばにも達していないにもかかわらず、その川幅、水量ともにすでに大河であった。

草や灌木が生い茂った中洲が複雑に入り組んでいるので向こう岸はなかなか見えな

いが、見通しが利くところに出ると対岸は二百間（約三百六十メートル）もの彼方にある。梅雨が終わったばかりとあって、豊か過ぎるほどの水量が堤の岸を洗って音を立てて流れていた。中洲の灌木の中からは、ホトトギスの声が夏空を裂くようにして響いてきた。

村上家を出奔《しゅっぽん》するという一徹の言葉を聞いた龍紀は、半ば予期していた事態とみえて驚く気配もなくこう言った。

「一徹の思いは、かねてから察していた。それに、この度の戦いぶりはいつもの一徹らしくなかったぞ。そちがそれほどに手傷を負うのも恐れずに暴れ回ったのは、朝日、青葉、桔梗丸、三郎太を失った衝撃はもちろんあろうが、殿に対する日頃の憤懣《ふんまん》、その殿を今まで信じてきた自分に対するやるせない思い、そういったものが重なりあって爆発したのであろう。それで、村上家を退散してこれからはどうする」

「まだ、詰めた思案はしておりませぬ。ただ一度一人で近隣の国を見て回り、天下にどんな武将がいて何を目指して戦っているのか、この目で見極めたいと思うておりまする」

「それがよい。一徹が仕えたいと思うほどの器量を備えた武将は、めったにいるものではない。まず大半の者は、これなら村上の殿にも劣ると思われるであろうよ」

一徹は頷いた。たしかに村上家の同盟者である高梨氏、井上氏、須田氏、小田切氏などを見ても、人物、力量ともに義清には遠く及ばない。中信濃を支配する信濃守護の小笠原長棟も、伝え聞く限りでは義清に一歩も二歩も劣るとしか思われない。南信濃の諏訪頼重に至っては、この前のいくさで会った印象では義清と戦えば鎧袖一触《がいしゅういっしょく》であろう。

信濃の国に関係する武将達の中で村上義清を凌ぐと思われるのは、僅かに武田信虎だけではないか。

信虎の怖さは、いくさの強さもさることながら領地経営、外交戦略に卓越した手腕があることで、義清が武力を一枚看板としているのに対し、信虎は常に武力、政治力、経済力を総合した力で勝負を挑んでくるところにある。

それだからこそ、義清はいくさでは勝っても気がつけば領土を失うことの繰り返しなのである。

一徹が思い描くこれからの理想の一国一城の主とは、

(新田の開発、金山の発掘、治水工事、商業の隆盛などを通じて、国力を高めることこそが強国にのし上がる最大の武器である)

という認識を持った武将であろう。武田信虎がまさにそうであり、駿河の今川義元、相模の北条氏康などもそうした資質の持ち主であるらしい。

一徹の願いとは、そうした高い視点に立って領国経営を行う武将に仕えて、その志の実現に一翼を担いたいということであった。

(父の言う通りそうした武将はめったにいるものではなく、巡り合うためには、焦らずに各地を広く遍歴しなければなるまい)

新しい主人に仕えるのが半年後なのか、二年後なのか分からない以上、大勢の郎党達を連れて行くことはできなかった。それに兄の輝久が石堂家を継ぐとなれば、千石相応の兵力を持つ必要がある。一徹や三郎太が鍛え上げた郎党達が、新しい石堂勢の中核にならなければならない。

だが、鈴村六蔵は別であった。

「わしはいくさが好きで今でも戦場に出ておりますが、とうに家督を嫡男の和正に譲って隠居の身でございます。何をするのもわしの勝手でございましょう。若は七歳の頃からわしの自慢の弟子で、信濃の国にこれだけの武将は二人とおりますまい。自分が見込んだこの若が一国一城の主となるのを見届けることこそ、我が生涯の楽しみなのでございます。若が許すも許さぬもない、わしは若のお供をいたしますぞ」

その話を聞いた駒村長治も、こう言って志願をした。

「恐れながら、若も鈴村様も大身であられます。世智辛い下々の世情に疎いのは、無理からぬところでありましょう。旅に出るとなれば、身辺の世話をする小者が必要でございます。どうせいくさの場ではお役に立てない私であれば、お二人のお供をさせてくださいませ」

（自分の異能を生かしきれるのは若と三郎太様しかない、ならばその二人がいない石堂家に残っても仕方がない）

と、長治は思い定めた。それに恵まれた家庭に生まれて苦労なしに育ってきた一徹には、馬の飼葉ひとつとっても、どこでどうやって手に入れたらいいのか見当もつかない。世故《せこ》に長けた長治は、従者としてうってつけであろう。

こうして三人の旅が始まった。

当初上野の国に向かう予定でいた一徹は、甲斐の国の政変を知って急遽佐久郡へと目的地を変更した。にわかには信じがたいことだが、この六月にあの悪賢い武田信虎が、こともあろうに嫡男の晴信によって駿河へ追放されたというのだ。

伝わってきた情報によれば、信虎は次男の信繁《のぶしげ》を溺愛していて嫡男の晴信が疎ましくなり、策を弄して晴信を駿河の今川義元のもとに送ろうと計画していたという。武田家と今川家は信虎の娘が義元の正室となっていて姻戚関係にあるから、晴信を人質の形で今川家に預けてしまえば、両家の結びつきはさらに強くできる。また信繁に武田の家督を譲ることも、ごく自然に行える。

信虎は晴信に疑念を持たせないために、まず自分が駿河に出向いてそこに晴信を呼び寄せるという形をとった。これで晴信が今川家に顔を見せれば義元にこれを拘束させ、自分はすぐに甲斐へ退き上げる腹づもりであった。

前年に、村上義清を相手に一歩も譲らずに一ヶ月を持ちこたえて大器の片鱗を見せた晴信を、何で信虎は毛嫌いしたのか。一徹が思うに、信虎は晴信の器量が自分を凌ぐものだと知り、早く処分しておかないと、可愛い信繁に家督を継がせるのに支障となると焦ったのではあるまいか。

ところが父の陰謀を察知した晴信は、義元のもとに密使を立ててその裏をかく策略を巡らした。義元に信虎を人質として押さえさせ、

「甲斐の国へは二度と戻らせないで欲しい」

と頼み込んだのである。

義元にしてみれば、海千山千で油断のならない信虎が甲斐の領主でいるより、軍事、内政のいずれにも経験の浅い二十一歳の若輩が当主になってくれた方が、遥かに扱いやすい。それに嫡男を人質にとっても信虎の愛情が次男の信繁にある以上、いざとなれば信虎は晴信を見殺しにする恐れが多分にある。

それに引きかえ父親を人質にとっておけば、晴信としてもまさか信虎を見捨てるわけにはいくまい。こうして義元と晴信の利害が一致し、信虎は思いもかけないことに

今川家に軟禁され、ついに二度と甲斐の土を踏むことはなかった。

この政変に当たって晴信は重臣の何人かを味方につけた上での決行であったろうが、何しろあの独裁者、それも実の父親を追放したのだ、家中の動揺は察するに難くない。晴信としては、まずは家中の引き締めを図るのが急務であろう。

だが滋野一族を掃討して村上、武田、諏訪の三家で領地の配分を決定してから、一ヶ月あまりしかたっていない。晴信が家中を安定させるまでは佐久郡に力を注げないとなれば、佐久郡はすぐに領主のいない草刈場と化すのではあるまいか。

上野の国に逃れた海野棟綱や真田幸隆が、またぞろ息を吹き返す可能性は充分にある。関東管領の上杉憲政も、好機到来と勇み立つであろう。もちろんそうなれば、村上義清もおとなしく指をくわえて見ているわけがない。

（これからしばらくの佐久の情勢は、混沌として波乱万丈ではなかろうか）

そしてその戦乱の中から、一徹がその才幹を発揮する絶好の場面が巡ってくることも夢ではあるまい。

だがそうした状況判断も、一徹の心を弾ませることはなかった。朝日、青葉、桔梗丸、三郎太の法事もそこそこに故郷を離れた一徹にとって、何にもたとえ難い深い喪失感が全身を浸していた。

朝日は、掛けがえのないよい嫁であった。一徹とてもいくさの場に出れば、思いも掛けない展開に動揺したことは一度や二度ではない。しかし一軍を率いる立場上、そうした感情を面に出すことは許されない。苦しい状況の時ほど、家臣も与力の衆も縋るような思いで一徹の顔を見ている。一徹が平然として戦場を眺め渡していて初めて、皆は安心して敵に当たっていけるのだ。

（戦場では自分の心の動きを無理にも殺していなければならない俺が、安心して生の自分をさらけ出せるのは朝日の前しかなかった。朝日は俺の弱さ、愚かさをいつも温かく受け入れてくれ、あのおおらかな微笑で俺の緊張を嘘のようにほぐしてくれた）

朝日は頭のいい女で郎党や女中達の面倒見にも抜かりがなく、青葉の養育もきちんとしっかりやっていた。だがそうした良妻賢母ならば、いくらでも例があろう。

朝日には他の誰とも違う不思議な取り柄があった。それは賢さという範疇《はんちゅう》には入りきらない、持って生まれたとぼけた可笑《おか》しみともいうべきものだった。朝日は機知に富んだ性格であったが、時として本人は真面目に対応しているのに、周囲の爆笑を誘う場面がよくあった。

初対面以来八年間、朝日は常に新鮮味を失わなかった。一徹の人生がいつまで続くものかは分からないが、あのように絶えず新しい刺激をもたらす女人に巡り合うことは、生涯に二度とあるまい。

（朝日を失ったこれからの俺には、心から笑える日はもう来ないだろう。青葉のような可愛い娘をこの手に抱くことも、永遠にない。俺はただ、朝日と青葉、桔梗丸を失ったこの激情を糧にして、自分がどれほどの男であるかを世間に真正面からぶつけていくだけだ）

道はやがて千曲川を離れ、北国街道に合流した。石堂村からは坂木まで二里、ほぼ一刻の旅程である。北国街道はさすがに道幅も広く、往来の人の流れも激しい。

街道の左手には、濃い緑に覆われた低い丘陵が迫っている。右手にも、千曲川の向こうに同じような緑の山並みが走っていた。ここから小室までは、似たような景色がずっと続く。

一徹は石堂村を振り返った。次にこの村に戻ってくるのは、いつのことであろうか。

（朝日、青葉、高い空から俺の行く手を見守っていてくれ）

一徹は唇を引き締め、佐久郡に続く街道に馬を進めた。

【参考文献】

『中世の女の一生』（保立道久、洋泉社、一九九九年）
『長野県の歴史』（古川貞雄ほか、山川出版社、二〇一〇年）
『日本の城郭・築城者の野望』（西野博道、柏書房、二〇〇九年）
『松本城』（学習研究社、一九九五年）
『城のつくり方図典』（三浦正幸、小学館、二〇〇五年）
『城の見方』（佐藤俊一ほか、小学館、二〇〇三年）
『乱世に躍る武将群像』（古川薫、ＰＨＰ研究所、一九九一年）
『村上義清とその一族』（笹本正治ほか、信毎書籍出版センター、二〇〇七年）
『村上義清と信濃村上氏』（笹本正治、信毎書籍出版センター、二〇〇六年）
『武田信玄と松本平』（笹本正治、一草舎、二〇〇九年）
『村上義清伝』（志村平治、新人物往来社、一九九一年）

解説

理流《りりゅう》

　時代小説・歴史小説の書評サイト「時代小説ＳＨＯＷ」では、一九九六年の開設以来、三千冊を超える小説を紹介してきた。読者と作家（と出版社）の間にあって、両者の思いをくみ取って、面白いと思った作品をおすすめ時代小説として紹介し、推していくことをサイトのミッションとしている。

　さて、今回、河出文庫での再刊に際して、十数年ぶりに『哄《わら》う合戦屋』を再読し、『奔《はし》る合戦屋　上・下』と『翔《かけ》る合戦屋』の「合戦屋」シリーズ三部作を一気に読んだ。当初から三部作を視野に入れて書かれたのではないかと思われる緻密でスケールの大きな構成力とストーリー展開に驚嘆した。この点に気づかなかった、十数年前の自らの不明を恥ずかしく思う。『哄う合戦屋』は文句なく面白い戦国小説だが、物語の世界観が大きく広がる『奔る合戦屋』も負けず劣らず素晴らしい作品だ。

『哄う合戦屋』は、天文十八年（一五四九）三月、中信濃の深志（長野県松本市）と北信濃の塩田平（上田市）の中間点に近い、横山郷（小県郡青木村）の領主、遠藤吉弘のもとに、信州で知らぬ者はいない豪勇の士、石堂一徹がやってくるところから始まる。吉弘は内政に長け、家臣からも領民からも慕われる名君だが、戦下手で、大局観もない小豪族だ。主君を求めて諸国を巡る一徹にとって、それらは望んでいた主君の条件に合致していて、軍師として仕えることを決める。吉弘と一徹が二人三脚で始めた国盗り物語。歯車がピタリと嚙み合って連戦連勝を続け、たちまち領地を三倍以上に拡大するが、やがて互いの意思疎通がうまくいかなくなり心も離れていく。そして、二人の姿は、武田晴信（後の武田信玄）と雌雄を決する決戦の地にあった。

著者は、戦国武将によって信濃国が統一されていく時代を、実在する武田家、村上家、小笠原家の争いに、架空の人物である石堂一徹、遠藤吉弘、吉弘の娘・若菜が関わっていくという構成で、史実を押さえながらも、虚構を巧みに織り交ぜて、壮大な物語を紡ぎ出している。

「若菜を驚かせたのは、その男の身辺を包む、他人を寄せ付けない一種異様な迫力であった。それは威厳というよりも、何か得体の知れないどす黒い思いが沸騰して、体中に充満しているのではあるまいか。体が大きいとそうした感情の量までが並外れているのだろうか、男の周囲の空気までが重く澱んでいるように思われてならない」と

『哄う合戦屋』の冒頭で描写されている男、石堂一徹のまとう外見は何ゆえ作られたのか？

答えは、本書にある。

時代を一気に十五年以上遡り、北信濃の大豪族・村上義清に侍大将として仕える若き日の一徹が登場する。六尺を超す巨体に、知性と教養を兼ね備えた風采をもつ十九歳の若者だ。石堂家は新参者待遇で、代々算用の才を買われて村上家の財政に目を配り、余人に代えがたい貢献をしてきた。父・龍紀も村上家の次席家老で、平時には勘定奉行、戦時には兵站《へいたん》の一切を引き受ける荷駄奉行を務めていた。石堂家にあっては武辺者の一徹こそ異端児で、龍紀は長男の輝久を手元に置いて財政の基本を叩き込み、今では石堂家の家政を全面的に任せられるまでになっていた。何年か後に輝久に家督を譲り、次席家老として勘定奉行を継がせることが村上家にとっても最善の策と考えていた。

当時、信濃を取り巻く諸国は有力な武将によって統一されつつあった。上野《こうずけ》は関東管領山内上杉家の上杉憲政が治めていたが、越後では早くに下剋上を成した守護代長尾為景（上杉謙信の父）が勢力を拡大し、甲斐では守護大名の武田信虎（武田信玄の父）が有力国衆を降伏させて国内を統一する。美濃では長井新九郎（後の斎藤道三）が国盗りを進めるべく暗闘し、駿河および遠江《とおとうみ》は守護今川家の内乱を経て、家督相続を果たした義元のもとで守護大名から戦国大名へと変貌し領土を広げていく。しかし、信濃は、高い山なみが連なる地形に守られて、多くの豪族が割拠して自立する時代が長く続いていた。

天文二年（一五三三）八月、一徹は、豪放な武芸と緻密な計算に基づく軍略で、佐久郡の有坂城を落とす手柄を上げる。この軍功により、人一倍武勇を重視する義清から、石堂家の当主になるように命じられる。一徹はその後も次々に軍功を重ねていく。

武士は功名を立てて、主君から所領を与えられ、自分の家を大きくすることにこそ命を懸けるものというのが当時の武士の常識であり、生き方でもあった。それゆえ戦場で軍の規律に従わずに、貪欲に大将首を狙うこともあった。しかし、石堂家は、そうした武士の常識から全く外れていた。龍紀も一徹も、どんなに功績を挙げても名誉も富も求めない生き方に徹している。この石堂家の姿勢は、一種異様に映り、ときには義清に不審の念をいだかせることもあった。人間の心理を鋭く描いた場面にドキリとする。

合戦シーンや攻城の場面では、一徹の天才的な軍略が堪能できる。それらは読者を瞠目させるほど鮮やかであり、痛快至極である。一徹は大きな目標を立てて、そのためのプロセスを考える、近代の軍事参謀や現代の経営コンサルタントの手法を取る。

しかし、決定的に違うのは、人の命をかけがえのない大切なものと考えていること。

そのために犠牲を最小限にし、期待する結果を得ることを解にして、最適な作戦を立てた。この点でも異質であるが、足軽や雑兵たちはこぞって一徹の配下になることを望んだ。

ハラハラドキドキの戦いの合間に描かれる一徹の日常も楽しくて心奪われる。「人の二倍食べて三倍働けば、よろしい」という一徹の妻、朝日の圧倒的な存在感とたおやかさ。「勇将のもとに弱卒なし」という言葉通りで、一徹と十数人の郎党たちが個性豊かに描かれ、その猛稽古ぶりは、「梁山泊《りょうざんぱく》」に集う若者たちのような熱量があり、爽快だ。さらに、一徹が暮らす石堂村の「若衆宿」や「夜這い」の話は、戦国小説とは思えない、明るく開放的で伸びやかな若者たちが生き生きと描かれていて、彼らがさまざまな体験を通して内面的に成長していく教養小説（ビルドゥングスロマン）のおもむきさえ味わえるほどだ。

『史記』を愛読し、「今の俺の望みは、縦横に策略を巡らして殿を信濃の国主にのし上げることだ。俺が求める恩賞とは、地位でも領地でもなく、稀代の名軍師という千年の後の評価なのだ」と考える一徹と、将来を展望することなく目先の戦いに一喜一憂する義清とがやがて衝突することも必然であり、一徹の献策は次第に疎まれていく。

そして、物語は終幕へと進む。

小豪族が本貫の地に割拠している時代から、有力武将によって一国を統一する時代へ、牧歌的だったいくさがさまざまな戦術を駆使した合戦に変わる。移り行く戦国の世を背景に、類まれな体軀と軍略を有する天才軍師石堂一徹。その胸のすく活躍と魂を揺すぶる悔恨を余すところなく描いた、戦国エンターテインメントを今度こそ、強く推す。

シリーズは、本書の後、最終巻の『翔る合戦屋』へと続く。いかにして信濃三国志は完結するのかをぜひ見届けてほしい。

（「時代小説SHOW」管理人）

本書は二〇一二年三月、双葉文庫で刊行された『奔る合戦屋 下』を
加筆・修正のうえ再文庫化したものです。

編集協力　株式会社アップルシード・エージェンシー

巻頭地図　ワタナベケンイチ

奔《はし》る合戦屋《かっせんや》 下

二〇二四年 五 月一〇日 初版印刷
二〇二四年 五 月二〇日 初版発行

著 者 北沢秋《きたざわしゅう》
発行者 小野寺優
発行所 株式会社河出書房新社
〒一六二-八五四四
東京都新宿区東五軒町二-一三
電話〇三-三四〇四-八六一一（編集）
〇三-三四〇四-一二〇一（営業）
https://www.kawade.co.jp/

ロゴ・表紙デザイン 粟津潔
本文フォーマット 佐々木暁
本文組版 KAWADE DTP WORKS
印刷・製本 ＴＯＰＰＡＮ株式会社

Printed in Japan ISBN978-4-309-42102-5

源氏物語　1

角田光代〔訳〕　41997-8

日本文学最大の傑作を、小説としての魅力を余すことなく現代に甦えらせた角田源氏。輝く皇子として誕生した光源氏が、数多くの恋と波瀾に満ちた運命に動かされてゆく。「桐壺」から「末摘花」までを収録。

源氏物語　2

角田光代〔訳〕　42012-7

小説として鮮やかに甦った、角田源氏。藤壺は光源氏との不義の子を出産し、正妻・葵の上は六条御息所の生霊で命を落とす。朧月夜との情事、紫の上との契り……。「紅葉賀」から「明石」までを収録。

源氏物語　3

角田光代〔訳〕　42067-7

須磨・明石から京に戻った光源氏は勢力を取り戻し、栄華の頂点へ上ってゆく。藤壺の宮との不義の子が冷泉帝となり、明石の女君が女の子を出産し、上洛。六条院が落成する。「澪標」から「玉鬘」までを収録。

源氏物語　4

角田光代〔訳〕　42082-0

揺るぎない地位を築いた光源氏は、夕顔の忘れ形見である玉鬘を引き取ったものの、美しい玉鬘への恋慕を諦めきれずにいた。しかし思いも寄らない結末を迎えることになる。「初音」から「藤裏葉」までを収録。

源氏物語　5

角田光代〔訳〕　42098-1

栄華を極める光源氏への女三の宮の降嫁から運命が急変する。柏木と女三の宮の密通を知った光源氏は因果応報に慄く。すれ違う男女の思い、苦悩、悲しみ。「若菜（上）」から「鈴虫」までを収録。

平家物語　1

古川日出男〔訳〕　41998-5

混迷を深める政治、相次ぐ災害、そして戦争へ――。栄華を極める平清盛を中心に展開する諸行無常のエンターテインメント巨篇を、圧倒的な語りで完全新訳。文庫オリジナル「後白河抄」収録。

平家物語　2

古川日出男〔訳〕　42018-9

さらなる権勢を誇る平家一門だが、ついに合戦の火蓋が切られる。源平の強者や悪僧たちが入り乱れる橋合戦を皮切りに、福原遷都、富士川の遁走、奈良炎上、清盛入道の死去……。そして、木曾に義仲が立つ。

平家物語　3

古川日出男〔訳〕　42068-4

平家は都を落ち果て西へさすらい、京には源氏の白旗が満ちる。しかし木曾義仲もまた義経に追われ、最期を迎える。宇治川先陣、ひよどり越え……盛者必衰の物語はいよいよ佳境を迎える。

平家物語　4

古川日出男〔訳〕　42074-5

破竹の勢いで平家を追う義経。屋島を落とし、壇の浦の海上を赤く染める。那須与一の扇の的で最後の合戦が始まる。安徳天皇と三種の神器の行方やいかに。屈指の名作の大団円。

平家物語　犬王の巻

古川日出男　41855-1

室町時代、京で世阿弥と人気を二分した能楽師・犬王。盲目の琵琶法師・友魚（ともな）と育まれた少年たちの友情は、新時代に最高のエンタメを作り出す！　「犬王」として湯浅政明監督により映画化。

現代語訳 義経記

高木卓〔訳〕　40727-2

源義経の生涯を描いた室町時代の軍記物語を、独文学者にして芥川賞を辞退した作家・高木卓の名訳で読む。武人の義経ではなく、落武者として平泉で落命する判官説話が軸になった特異な作品。

ギケイキ

町田康　41612-0

はは、生まれた瞬間からの逃亡、流浪――千年の時を超え、現代に生きる源義経が、自らの物語を語り出す。古典『義経記』が超絶文体で甦る、激烈に滑稽で悲痛な超娯楽大作小説、ここに開幕。

ギケイキ②

町田康　41832-2

日本史上屈指のヒーロー源義経が、千年の時を超え自らの物語を語る！　兄頼朝との再会と対立、恋人静との別れ…古典『義経記』が超絶文体で現代に甦る、抱腹絶倒の超大作小説、第２巻。解説＝高野秀行

現代語訳 竹取物語

川端康成〔訳〕　41261-0

光る竹から生まれた美しきかぐや姫をめぐり、五人のやんごとない貴公子たちが恋の駆け引きを繰り広げる。日本最古の物語をノーベル賞作家による美しい現代語訳で。川端自身による解説も併録。

桃尻語訳　枕草子　上

橋本治　40531-5

むずかしいといわれている古典を、古くさい衣を脱がせて、現代の若者言葉で表現した驚異の名訳ベストセラー。全部わかるこの感動！　詳細目次と全巻の用語索引をつけて、学校のサブテキストにも最適。

桃尻語訳　枕草子　中

橋本治　40532-2

驚異の名訳ベストセラー、その中巻は——第八十三段「カッコいいもの。本場の錦。飾り太刀。」から第百八十六段「宮仕え女（キャリアウーマン）のとこに来たりなんかする男が、そこでさ……」まで。

桃尻語訳　枕草子　下

橋本治　40533-9

驚異の名訳ベストセラー、その下巻は——第百八十七段「風は——」から第二九八段「『本当なの？　もうすぐ都から下るの？』って言った男に対して」まで。「本編あとがき」「別ヴァージョン」併録。

現代語訳 歎異抄

親鸞　野間宏〔訳〕　40808-8

悩める者や罪深き者を救う念仏とは何か、他力本願の根本思想とは何か。浄土真宗の開祖である親鸞の著名な法話「歎異抄」と、手紙をまとめた「末燈鈔」を併録。野間宏の名訳で読む分かりやすい現代語の名著。

現代語訳 徒然草

吉田兼好　佐藤春夫〔訳〕　40712-8

世間や日常生活を鮮やかに、明快に解く感覚を、名訳で読む文庫。合理的・論理的でありながら皮肉やユーモアに満ちあふれていて、極めて現代的な生活感覚と美的感覚を持つ精神的な糧となる代表的な名随筆。

古事記

池澤夏樹〔訳〕　41996-1

世界の創成と、神々の誕生から国の形ができるまでを描いた最初の日本文学、古事記。神話、歌謡と系譜からなるこの作品を、斬新な訳と画期的な註釈で読ませる工夫をし、大好評の池澤古事記、ついに文庫化。

現代語訳 古事記

福永武彦〔訳〕　40699-2

日本人なら誰もが知っている古典中の古典「古事記」を、実際に読んだ読者は少ない。名訳としても名高く、もっとも分かりやすい現代語訳として親しまれてきた名著をさらに読みやすい形で文庫化した決定版。

現代語訳 日本書紀

福永武彦〔訳〕　40764-7

日本人なら誰もが知っている「古事記」と「日本書紀」。好評の『古事記』に続いて待望の文庫化。最も分かりやすい現代語訳として親しまれてきた福永武彦訳の名著。『古事記』と比較しながら読む楽しみ。

ツクヨミ 秘された神

戸矢学　41317-4

アマテラス、スサノヲと並ぶ三貴神のひとり月読尊。だが記紀の記述は極端に少ない。その理由は何か。古代史上の謎の神の秘密に、三種の神器、天武、桓武、陰陽道の観点から初めて迫る。

ニギハヤヒと『先代旧事本紀』

戸矢学　41739-4

初代天皇・神武に譲位した先代天皇・ニギハヤヒ。記紀はなぜ建国神話を完成させながら、わざわざこの存在を残したのか。再評価著しい『旧事記』に拠りながら物部氏の誕生を考察。単行本の文庫化。

三種の神器

戸矢学　41499-7

天皇とは何か、神器はなぜ天皇に祟ったのか。天皇を天皇たらしめる祭祀の基本・三種の神器の歴史と実際を掘り下げ、日本の国と民族の根源を解き明かす。

日本の偽書

藤原明　41684-7

超国家主義と関わる『上記』『竹内文献』、東北幻想が生んだ『東日流外三郡誌』『秀真伝』。いまだ古代史への妄想をかき立てて止まない偽書の、荒唐無稽に留まらない魅力と謎に迫る。

日本書紀が抹殺した　古代史謎の真相

関裕二　41771-4

日本書紀は矛盾だらけといわれている。それは、ヤマト建国の真相を隠すために歴史を改竄したからだ。書記の不可解なポイントを30挙げ、その謎を解くことでヤマト建国の歴史と天皇の正体を解き明かす。

四天王寺の鷹

谷川健一　41859-9

四天王寺は聖徳太子を祀って建立されたが、なぜか政敵の物部守屋も祀っている。守屋が化身した鷹を追って、秦氏、金属民、良弁と大仏、放浪芸能民と猿楽の謎を解く、谷川民俗学の到達点。

応神天皇の正体

関裕二　41507-9

古代史の謎を解き明かすには、応神天皇の秘密を解かねばならない。日本各地で八幡神として祀られる応神が、どういう存在であったかを解き明かす、渾身の本格論考。

陰陽師とはなにか

沖浦和光　41512-3

陰陽師は平安貴族の安倍晴明のような存在ばかりではなかった。各地に、差別され、占いや呪術、放浪芸に従事した賤民がいた。彼らの実態を明らかにする。